愚者・愚者な考え。

そこから何かが生まれる♪（軽い関西弁版）
Too 言った〜

二元 太郎
Futamoto Taroh

青山ライフ出版

目次

はじめに

ヨシ　中小企業勤め。資産なし。
人好しで純粋な面あり。
小柄でメタボ体形。

ヒデ　中小企業勤め。
実家は農家でやや資産あり。
プチ知恵あり。中肉中背。

隠居　結構の博学。
婆さんと2人暮らし。
昔の平均的日本人体形。

ピエール　ベルギー人だが、
世界中をウロウロして、
今は日本に住んでいる。

　ヒデとヨシは近くに住んでおり、勤め先は違うが、旧知で仲が良い。

　時間があると世間話をしてるが、内容次第では、隠居の所に意見を聞きに行く。

　そこに、時折、顔を出すピエールは、どこで覚えたか妙な日本語を使う。

　そして、日本しか知らぬヨシとヒデに海外の知識を披露するのだが、ヨシとヒデはともかく、隠居には新鮮なコメントと重宝されている。

　そんな、４人のグシャグシャ会話を纏めてみた。

二元太郎記

第1章　健康

その1：【シンプル食は長身】
寒かった冬が明けた休日　≪ヨシの家にヒデが来る≫

（＊対応表　😊＝ヨシ、👹＝ヒデ、🤠＝ピエール、😺＝隠居）

1）外人は背が高い

「👹お～。ヨシ元気か。暇なら邪魔するで」

「😊ちょうどエエわ。ヒデに話したいことがあるんや」

「👹何じゃ？　難しいのは止めやで。お前は時々変なことを言いだすからな」

「😊あんな。最近、この辺でも、外人さんを良く見るようになったやんか。ほんで、やっぱ背が高いのが多いな。何で外人は背が高いんや？」

「👹でも、俺らと変わらんのもいてるで、特にアジアの連中は。でも、確かに白人さんは高いのが多いな～」

「😊せやろ、俺は小さいから側に寄ったら、大人と子供程も

違う時があるわ」

「🙂ほんでも、大きな連中は寒い国に住んどる奴が多いのとちゃうか。日に当たろうとして背伸びしてるから、背が伸びるんやろ？　暗闇で育てるモヤシがそうらしいで、お日さんを探して、にょろにょろ伸びよるらしんや」

「😀ほな、俺は子供のころ、日に当たり過ぎたんかな。せやけど、日本でも、若いもんは背が高くなっとるで。最近は日当たりが悪なったからちゅうんか？」

「🙂高いビルが増えたんで、昔より日当たりが悪いんや」

「🙂でもやっぱ、食いもんのせいとちゃうか。日本人もエエもん食う様になったからな」

「🙂せやけど、アメリカ人なんか、テレビではハンバーガーとコーラーやで、エエもんを食ってると思えんが、大きな体してるのが多いやんか」

「🙂そう言えば、何となくやけど、いろんなもんを食っとるやつは背が小さいのとちゃうか」

「🙂確かに俺のダチでも、食い道楽のやつは背は高くない気がするな」

「🙂雑食ちゅうやつかな」

「🙂グルメちゅうのとちゃうか」

「🙂そんな大したもんやあらへんが、好き嫌いなく色んな物を食っとるやつは小さいのが多いんちゃうか。そう言えば、動物でも草ばっかり食っとる牛や象はデカいが、何でも食いよる

ネズミは小さいやんか。やっぱ、雑食がチビや」

「🐼確かにそうかも知れへんな。そうや、暇やったら、ちょっと隠居の所へ行かへんか？　ほんで、俺らの話を聞かそうや」

　そこにピエールが顔を出す。

「🐱あれっ、ピエールが来たやんか」

「🐯あれ、お二人さんお出かけでっか？」

「🐱隠居の所に行くんや」

「🐯ありゃりゃ。でも、出かける前で良かったわ」

　歩きながら、ヨシとヒデが話の内容を簡単にピエールに説明し終わった頃に隠居の家に着く。

　　場所替わって≪隠居邸：ヒデとヨシがピエールを伴って来る≫

　　２）シンプル食は背が高い

「🐸ありゃ。３人さんお揃いでおいでか。ピエールも元気そうじゃの」

「🐯隠居さん。お邪魔します」

　ピエールがヨシとヒデの考えをかいつまんで隠居に話す。

「🐼せやから、隠居さんよ。【グルメは背が低い】と言うことをどう思いまっか？」

「🐵グルメちゅうより【雑食】やけどな」

「🐯皆さん、話の前にワテがネットで調べまっさ。ちょっと待ってくんなまし。え〜と『＜主要国の３０歳男性の平均身長＞　オランダ／１８２cm、スエーデン／１８１、ドイ

ツ／１８０、英国／１７７、ポーランド／１７７、フランス／１７６、イタリア／１７４、日本／１７２、フィリピン／１６３、インドネシア／１６２』とありまっせ」

「😊ありゃ。日本の背もマアマアかな」

「😠お前がちっちゃいんや。ほんで、アメリカや中国はどうなんや？」

「😆ありまっせ『多民族国家とも言える米国／１７６、中国／１６７、インド／１６４』やそうでっせ」

「🐧アメリカが思たよりちっちゃいな」

「😆色んな人種がおりまっからな」

「🐼なるほど」

「😮やっぱ、人種か」

「🐼確かに個人差もあるが、北の国の背が高いようじゃから、冗談で昔から言われとる《日差しの弱い北国での、太陽を求めて背伸びを長年した結果》と言うモヤシ説も……」

「😲ありゃ、それはやっぱ冗談か？」

「🐼やはり、人種毎の生活環境の違いが、長い年月を掛けて表れたと思うぞ。食物の摂り方が＜狩猟か？　農業か？＞も大きく影響しとるじゃろ」

「😊狩猟と農業？」

「😲俺は分かるぞ、狩猟は狩りや。農業は田舎でやっとる米や麦作りや。狩りなんかは西洋が多いんかな」

「😆でも、日本人も若い人は背が高こうなっとりまんで」

「😊じゃが、若いもんの背の伸びは、日本だけでなくて、どの国でも言えることじゃろ」

「😈せやから、俺らが言う【グルメは背が低い】は、どうでっかいな」

「😊雑食や！」

「😈草ばかり食べる（ゾウ、牛等）は体が大きく、ねずみなんかの雑食系はちっこいやんか」

「😊それやそれ、それを俺らは話しとったんや」

「😊あのでんな、ベルグマンちゅう人が、寒い国ほど放熱を抑える必要から、体が大きくなる言うてるらしいでっせ」

「😊ピエールは物知りやな。ほんで、その放熱て何や？」

「😊寒い時は皆で体を寄せ合うでっシャロ、あれでんな」

「😈何のこっちゃ」

「😊せやけど、カラの大きい象は暑い所におるやんか」

「😊ほんまでんな。ほな、放熱は置いといて、確かに、背が高い北国の人の食事は【シンプル】でんな。ジャガイモ、ハム、チーズ、鮭を中心に暮らしてまっせ」

「😊ところで、ピエールはどうじゃ？」

「😊ワテは色々食べるんでっせ。日本食も大好きやし、世界どこに行っても、食いもんでは困らんわ」

「😈せやから、ピエールは外人の割にはちっこいんや」

「😊確かに、海、山、畑から色んな物を食べる【グルメ民族は小柄】の様な気がして来たぞ」

「😬雑食や」

「🙂逆に食事に余り興味を持たずに、チーズ、ポテト、ハンバーグばっかりを食っとる人は、結構な身長かもね」

「😎お二人さんよ。それは俺らの考えやちゅうね」

「🙂(小声で) 俺の考えや」

「🙂グルメと言えば。ちょっと、この写真を見てくれまっしゃ」

◆ピエールの余談1・シチリア・写真1，2，3◆

　イタリアのシチリア島での食いもんの写真でっせ。最初のは前菜の海産物の盛り合わせ。シラス、ホタテ、イカ、カキ、イワシ、甘エビ、コノワタでおまんがな。次のは伊勢海老のグラタン。カニやウニもあったで、大満足でっせ」

「😊豪勢やな」

「😤ほんま、ピエールはエエ生活しとるやないか。でもシチリア島でどこや？」

「😐地中海でっせ」

「😮ちちゅうかい？」

「🐼もうエエ」

「😐あのでんな。3つ目の写真はシチリアのタコ料理や。多くの国では、タコはグロテスクやし食感も悪く、悪魔のイメージを持ってるんで食べまへんけど。イタリア、スペインの一部や、ポルトガルでは食べるんでっせ。美味しかったわ」

「😎どれも、この隠居も唾が出るほど美味しそうじゃな」

「😐これらはシチリア（南イタリア）の食事でっけど、イタリア国内でも、南に行くほど食材が色々豊富で、食道楽と言えるんやが、確かにイタリアの中でも南の方が背は低くなってまっせ」

「😎ほ〜」

「😮でも、相撲取りはチャンコ何かで色んな物を食べとるけど、背は高いで」

「😎チャンコは大人になってからじゃろが。大事なのは成長期の時の食べ物じゃ」

「😮なるほど」

「🐼ほんでも、俺のダチの自称グルメは、子供の時はグルメやなかったと思うで」

「😮雑食やったんや」

3）シンプル食は効率が良い

「😎どんな場合でも例外があるじゃろし、遺伝も影響するじゃろうが、お前らの【グルメは小柄】説に関してじゃが」

「😀雑食や」

「😎分かった。ほな【雑食は小柄】をワシが栄養面から思い付いた説明をさせてもらおうかの。その前に、お茶をバーさんに用意させよう」

「😺お茶でっか」

「😎いつもいつも酒は出さん。さて、先の＜日差し説＞は置いといて、わしが考え付いたのは＜消化効率＞説はどうじゃろか。お前らも言っとる【雑食は小柄】じゃが」

「😀せや。雑食や」

「😎つまり、日ごろ口にする食物の"種類"が少ないと、胃腸は消化吸収能力を集中させることが出来るじゃろ」

「😀😺ふんふん」

「😎逆に、色んな物を食う人の胃腸は疲れるじゃろうから、消化吸収効率が落ちると考えるんじゃ」

「😑なるほど」

「😀せやせや。ミルクとチーズだけなら、消化も簡単や」

「😎つまり、【シンプル食】は栄養を効率良く吸収するので、体の成長を助けるのに役立つじゃろう。それで身長も伸びると考えては、どうじゃ」

「🐷そう言えば、背の高いドイツ人はジャガイモとソーセージばかり食ってまっから、消化液の種類も少くのうて済みまんな。あ〜それとビールや」

「🐧つまり、いろいろ食っとると、消化吸収が下手で、背も伸びんちゅう言うことか」

「👓簡単に言えば、そう言うことじゃな。と言うことで、単食は長身じゃ。あくまで、成長期での話じゃぞ」

「🐷大人の俺らは関係ないから、好きな物を食べたらエエんやな」

「👓じゃが、貧乏で仕方なく同じ物ばかりを少なく食べる場合はちょっと違うぞ」

「🐧何で違うんや」

「👓やっぱり量は食わにゃいかんじゃろて」

「🐧そりゃそうや」

「👓子供を体格良く育てるには、余り色んな種類を食わさずに、栄養の整った物でのシンプルな食事が良いのじゃ（提案①）」

「🐷せやけど、背が高いことが良いんとちゃうで」

「🐧でもヨシよ。デカいと得なことが多いと思うわ。特にスポーツの世界では絶対有利やんか。小さい日本人は苦労しとるで。外国のスポーツ選手を見とると、２メートル超えるのがおるやんか」

「🐷ヒデよ、日本人には技術力があるやんか」

「👦甘い！　最近は、背は大きくて技術も持っとるのが増えて来とるんやで」

「👴でも、俺らの生活では大きさは余り関係ないわ。逆に大きいと、重い物を持たされたりで損してるやつもおるわ」

「🧔ありゃ。もうこんな時間か。そろそろ帰らして貰いまっさ。隠居さん。お世話さんでした」

「👴👦ピエール。エラく早う帰るんやな」

「🧔ちょっと寄っただけでんねん。次は、ゆっくりおじゃましますわ」

「🐼また、気楽に寄ってくれよ。そこで一句『**成長期　シンプル食で　背を伸ばす**』でどうじゃな」

「👴ありゃ。隠居はん変なのを始めたな」

「🐼これは俳句じゃ。物事を簡単に言うのに便利じゃ」

「👦何か、おもろそうや」

「🧔背を伸ばそうと思うんやったら、乳製品と肉を忘れんことでっせ。ワテみたいな雑食はあかんのやな。ほなサイナラ」

≪隠居邸：ヒデとヨシは残り、ピエールは帰る≫

　４）日本人は長寿

「🐼ところで、最近ちょくちょく顔を出すピエール。おもしろい人じゃし、なかなかの物知りじゃな」

「👦あいつか。元々はベルギー人とか言っとったわ」

「🐼そうか、ベルギー人か。ヨーロッパの小さな国じゃが、

最近はヨーロッパの中心となっとるようじゃ」

「何か、若い時から、あっちこっちうろうろして、結局は、日本が気に入って住み着いた言うとるんやが、詳しいことは言いたがらん」

「ただ、どこで覚えたんか、けったいな日本語を話すやろ」

「ほんま、あの日本語は日本人の恥や」

「何じゃて。外人なのに日本人の恥かいな」

「ところで、隠居さんよ、この間、そのピエールが、日本人の寿命のことでむかつくこと言っとったで」

「あいつは生意気な所があるからな。そんで、何を言うたんや」

「日本人の平均寿命が長いのは＜小さな家に住んでるから＞やて、倒れた時に周りが気づき易いからやて。それに、人が密集して病院が近いからや言うんや。何か、もともとは英国の学者が言うとるらしんやけど」

「おれらは魚を良く食うから長生き出来ると聞いとるで」

「そう言えば、シンガポールも寿命が長いと聞いとるが、ここも人口密度が高いぞ」

「人口密度が高いのは、狭い所に人が一杯ちゅうことか？」

「確かに、狭いと人の目が行き届いて、子供や年寄りの環境が安全なのかも知れんな」

「せやけど、日本でも、田舎の方が御長寿さんが多いんと違うか」

「🐼ご近所さん同士で助け合うからちゃうか」

「🐼なるほど。それに、出生率も関係しとるかも知れん」

「🐼何や、食いもん以外にもいろいろ理由があるんかいな」

「🐼背の高さと寿命の長さは関係ないんかな？」

「🐼う〜ん。北の国の方が長生きかも知れんな……。しかし、
何処の国も女性の方が寿命が長いのがおもしろいぞ」

「🐼何でおもろいんや？　むかつくやんか」

「🐼隠居さんよ、女の寿命が長い理由が分かっとるんか？」

「🐼色々言われとるが、確実なのはないようじゃ」

「🐼肥えとるのは早死にと言われとるやんか、でも、女の方
が肥えてるのが多いと思わんか？　なのに長生きておかしい
で」

「🐼ヨシよ。痩せとる女もおるで。それにあんまりガリガリ
は長生きせんのとちゃうか？　でも、酒飲んで無茶食いは男の
方が多いかも知れんな」

「🐼いずれにしても、お前たちは長生きしそうじゃから、女
にも負けんじゃろ」

「🐼何か気分の悪い言い方やな」

「🐼隠居さんよ。酒は百薬の長や言うやろ」

「🐼ヨシよ、お前はんはエエこと言いまんな」

「🐼何じゃ催促か？　ちょっと待て、婆さんに頼んだる」

「🐼🐼ありがとさん」

「🐼そう言えば、確か、今日の新聞に出とったぞ。ほりゃ、

これじゃ、この新聞に出とるぞ＜上記主要国の平均寿命2015年ＷＨＯ＞」

「🧒だぶりゅえいちおー？」

「👴それは、気にせんでエエ」

「🐼長生きの順で『日本／８３.７歳、スイス／８３.４、シンガポール／８３.１、オーストラリア／８２.８、スペイン／８２.８』が上位じゃ。フランス／８２.4、スエーデン／８２.4、オランダ／８１.9歳、英国／８１.2、ドイツ／８１.0』、低い方で主な国は『インドネシア／６９.1、フィリピン／６８.5』ちゅうとこかな。ちなみに『韓国／８２.３、米国／７9.3、中国／７6.1、インド／６8.3』じゃ」

「🧒どや、国の広さは関係あるか？」

「👴そうとも言えんな。結局、衛生的な国が長生きとちゃうんかな」

　酒と簡単なつまみが出される。

「🧒👴わ〜嬉しい。ありがとうさんです」

引き続き≪隠居邸：ヒデとヨシ≫

　５）健康寿命

「🐼それはともかく、最近は＜健康寿命＞が大事にされとる」

「🧒なんやそれは」

「👴あ〜それな。寝込む前の歳や。７０歳の人が１０年寝込んで８０で死んだ場合は、寿命は８０やけど、健康寿命は７０

歳ちゅうらしんや。そうでっしゃろ隠居さん」

「😊そんなもんじゃろて。そして、それが一番大事じゃ」

「😨腹が出だしたヨシも、気おつけにゃ健康寿命は短いかも知れんぞ」

「😰怖いことを言わんといてんか」

「😠俺はやっぱり好きなもんを好きなだけ食うわ」

「😊ワシや婆さんも、健康には注意しとるんじゃが、散歩が良いぞ」

「😨そんな暇はないわ」

「😠俺なんかは、仕事で体を動かすから、運動は足りとる」

「😊じゃがな、朝の散歩が良いんじゃぞ」

「😠朝は無理やな。いつも、ギリギリまで寝とるわ」

「😨わしらは隠居と違って働いとるんやで」

「😊確かにそうじゃな。仕事場に行くのが、散歩みたいなものかも知れんな」

「😠仕事に行くのと散歩は気分がちゃうわ」

「😊実はな、わしは朝飯前に散歩し出したら、血糖と血圧の数値が下がったんじゃ」

「😨あ〜。数値か。会社の偉いさんは、集まると数値の話をしとるわ」

「😊考えてみんしゃい。大昔の人間は目が覚めたら、先ずは狩りをして食料を手に入れにゃならん。狩りをするとは、走ったり歩くことじゃ」

「😊昔は、大変やったんやな」

「🦉じゃから、朝起きたら、食事の前に運動をするんじゃ(提案②)。散歩が良いぞ。そうすれば体の中で、血液やリンパ液が生き生きと流れ出し、体の機能がバランス良く活動開始するのじゃ。それと違って、食べてからの運動は動物のルールに反しとる」

「😵ありゃ〜」

「🦉子供の時から、そうすれば背も伸びるかも知れんぞ」

「😊何となく、分かる気がするな」

「🦉それが何万年の人間の歴史の本来の姿じゃからな。目を覚まして、ろくに歩きもせずに、飯ばっかり食っとると、いろんな数値も悪くなるのも当然じゃと思うぞ」

「😊おい、ヒデは検査したことがあるか?」

「😎会社でさせられるで。でも、悪いとは言われたことないわ」

「🦉ま〜。お前たちは若いからな。さて、今日も一句とさせて貰うぞ『**朝起きて　朝食前に　散歩すりゃ　体の機能　生き生き目覚め**』」

「😎俳句が出たところで、そろそろ、失礼するタイミングやな。お酒も頂いたし」

「🦉これは短歌じゃ」

「😊何じゃ、長い方が短歌ちゅううんか」

「😎天気もエエし、河原にでも出てみようかな」

「🦉ほな。もう一句『**密集地　互いの監視で　長寿呼ぶ**』」

「🧓隠居の俳句の趣味は本格的かいな。ほな、俺も一句。『長生きは、何にもせずに、のんびりと』」

「😊せや。それがエエな」

「🐼あかんあかん、その句は、没じゃ」

「😊🧓ほな、さいなら」

結論

【グルメは背が低い】

【雑居は長生き】

【朝食前に散歩】

その2：【高カロリー食でダイエット】

桜が開き始め春らしくなった天気の良い休日の午後

≪ヨシの家にヒデが来る≫

1）ヨシの【重さ作戦】

「😈おい、ヨシ、暇やから来たで。あれ？　あれ？　あれ？　少し痩せたみたいやんか？」

「😊おう、ヒデか！　久しぶりやな。このあいだ会った時よりも、４キロは軽くなったんや！　あと２キロ軽くすると、７０キロを切るんやで。従妹からもろた体重計を思いっきり利用して痩せたんや」

「😈へ～。せやけど、何で急にダイエットや？」

「😊健康寿命や」

「😈ほんでも、肉や甘いもんを食べずにおれるんか？　それに難しいカロリー計算が出来るんか？」

「😊ちゃうちゃう、ヒデよ。おれはカロリーとか言うものは無視や。食べる物の重さだけで頑張っとるんや。大事なのは体重やろ。ボクシングの計量と同じや」

「😈ボクシングと一緒て、どう言うこっちゃ」

「😊あんな。この前、駅前のスーパーで食いもんを買って、持ったらごっつう重かったんや。帰って計ったら重さが１０キロやで」

「😃そりゃ。水やビールなんかをぎょうさん買ったんやろ」

「😃ほんで、これを俺が食うのかと思ったら、体重が増えるのは当たり前やと気が付いたんや。せやから、重さに注意で【重さ作戦】ちゅうねん」

「😃【重さ作戦】？　ほんでも、世間ではカロリーカロリーと言うとるやんか」

「😃世間はエエんや。軽くするには重さに注意や。中でも、重いだけの水もんは注意しとるんやで！　酒やビールは我慢して、日本酒をチビチビやっとる」

「😃なんじゃそれは。酒は兎も角、甘いもんはどうしとるんや。ヨシが好きなチョコなんかは、小粒でも高カロリーで、肥える素や！」

「😃あんな【重さ作戦】やと言っとるやんか。菓子を買う時には、カロリーよりグラムを見て買うんや。なんせ食べた重さが体重になるんやからな」

「😃でも、ジュースなんかは、重いと言っても水やで。水なら時間がたったら外に出るやんか」

「😃いや。俺らの体の６０％が水らしいから、水も体に残りよる。ビール腹ちゅうのもあるやんか」

「😃ほんまに水で肥えたりするんかいな」

「😃何遍も言わすなよ【重さ作戦】や。ヒデよ！　肥える肥えないより、軽せにゃあかんのや。カロリーちゅうやつには重さがないんやろ」

「😖よう分からん」

「😀おれは確かめたんや、カロリーがごっつうあるステーキでも、カロリーが少ないレタスでも、２００グラムを食って計ったら、増えたのは２００グラムや。つまり、カロリーと体重は関係ないちゅうねん！」

「😐そりゃ、そうかも知れんが。サラダを２００ｇも食ったんか」

「😀そんでやで、２００グラムのステーキだけを食った日は、何とか一日持ったんやが、レタスだけを食った日は、腹が減るし、力は出んしで、結局、饅頭を３個食ってしもて、大失敗やった。饅頭一個が５０ｇや」

「😐そんなん、世間で言っとる《ダイエットはカロリー管理が大事》とは全然ちゃうやんか」

「😀あんな、パンダは笹ばかりを毎日１５キロ食べてるんやて。それで丸々とした体になっとるやんか。考えて見れば、ゾウも草ばかりやけど、大きな体をしとる。それと違って、肉を食っとる豹や虎はスマートや。せやから、痩せるには＜高カロリー＞を量少なく食うんや。ヒデも食う物を手に持ってハカリに乗ると分かるで、食べた後と体重は同じや。それと＜出す方＞も大事やな」

「😐出す方？」

「😀ウンチやウンチ。２００ｇ食って、２００ｇウンチしたら、体重は増えへんやんか。おれは便所に行く前と後に体重を計っ

てるんやで。調子のエエ時なら便所で３００グラムは減りよん
な」

「⚇へ～。そいつは、すごい」

「☻それに何もせんでも、俺は１時間で５０グラムは減るん
や」

「⚇う～ん？　何のこっちゃ？　あんな、何もせんちゅうて
も、空気は吸うやんか。植物は根っこから水、葉っぱから空気
を吸って大きなってるんやで。人間も空気を吸って体重が増え
るんとちゃうか」

「☻空気？」

「⚇空気にも重さがあるんやで」

「☻ほんでも、俺は寝る前と朝起きた時に計ったら、４００
グラム減っとったんで分かったんや。寝てるだけでやで」

「⚇ふ～ん。【重さ作戦】か？　……日本酒をチビチビか。そ
の方が焼酎の水割りよりは、体重は増えんと言うことかいな」

「☻せやせや」

「⚇ちょっと難しなって来たな。おい、裏の隠居の所へ行か
へんか。今の話をしてみようや！　スマートになったヨシを見
せれば喜ぶやろ」

「☻せやけど、隠居の所へ行くと、食いもんが出たりするや
んか。ダイエットには、ちょっと心配やな」

「⚇いつも出るとはかぎらんで」

「☻ま～、久し振りやし、顔を見に行くか」

　　場所替わって≪隠居邸：ヒデとヨシが来る≫
２）植物と動物の【呼吸の違い】

「😦こんちは。隠居さんよ。ヨシの減量の話を聞いてくれまっか」

「😺こりゃ、お二人さん。何じゃ。ヨシが減量を始めたんか」

「😦せやけど【重さ作戦】ちゅうんや」

「😺ほ〜【重さ作戦】とな。確かに、減量は重さへの挑戦じゃが、どんなことをしとるんじゃ？」

「😃もう、４キロも減ったんやで」

「😺そりゃ感心じゃな」

「😦でも、隠居さんよ。たくさんの専門家が＜カロリーを減らせ＞と言っとるのに、カロリーが高いもんを食べるんや言っとるで」

「😺何じゃて？」

「😃隠居さんよ。カロリーには重さがないんやろ」

「😺ほ〜。確かにカロリー自体には重さはないじゃろな」

「😃せやから、世間がどう言おうと、カロリー高くて軽いもんを食べるんや」

「😺う〜ん。ヨシは時々、面白いことを言い出すのう。ところで、どんなふうにやっとるんじゃ？」

「😃簡単や。１日に口から入れるものを、水も入れて１６００グラム以下にするんや」

「😺何で１６００グラムなんじゃ？」

「😀夜寝る時に体重計り、８時間たって朝起きた時との体重差は４００グラム位や。つまり、１時間５０グラムや。ほなら、１日２４時間で１２００グラムやんか」

「😸８時間も寝れるとは羨ましいのう」

「😀それにトイレに行くと４００グラムは出るんや」

「😸快便で羨ましい限りじゃのう」

「😀合わせて１６００グラム減るちゅうことや。せやから、食べもんが、これ以下なら体重は増えんやろ」

「👺動かん夜で１時間５０グラムなら、動き回る昼の方はもっと減るんとちゃうか？」

「😸トイレ以外で体重が減るのは、汗や呼吸じゃから、確かに昼は５０グラム以上減るじゃろう」

「😀細かいことを言わずに、食べる前に体重計って、減った分だけ食べればエエんや。カロリーは無視や」

「😸ヨシは１時間で５０グラム減るようじゃが、わしら年寄りは３０グラムぐらいかのう。じゃが、夜中に喉が渇いて水を飲んだりするぞ」

「👺そもそも、寝てるだけで、何でそんなに体重が減るんや」

「😸汗だけでなくて、呼吸でも水分が出るんじゃ。ガラスにハ〜と息を出せば曇るじゃろが、それが水が出た証拠じゃ」

「😀あ〜。それやそれ。その呼吸の話を聞きたくて来たんや。ヒデが変なこと言うんや」

「👺植物は呼吸して体が大きくなっとるけど、人間は呼吸で

太ったりせんのか?」

「😵ちょっと難しいかも知れんが説明するぞ」

「😀頑張って聞きますわ。でも、簡単に頼みまっせ」

「😵でも、ちょっと喉が渇いたな」

「😵ほな。婆さんにお茶と菓子でも用意させよう」

「😀それやそれ。ダイエットの敵や。なるべく軽いもんがエエな」

「😵お茶とコンペイトウなら良いじゃろ」

「😵金平糖!　あ〜あ、ヨシのトバッチリやな」

「😵お茶の用意は婆さんに任せておいて、そろそろ説明を始めるぞ。植物は呼吸で空気から炭素を取り入れ、土から水を得て大きく育つんじゃ。その結果、余った酸素を吐き出しとる」

「😀へ〜。それで人間は?」

「😵動物は、植物と違ごうて、食った物で体を作るんじゃ」

「😀せやから。食い過ぎると肥えるんじゃ」

「😵それに動物は運動するじゃろ」

「😵そう言えば植物は運動せんな」

「😵その運動のためには、エネルギーが必要じゃが、食事で得た物を呼吸で得た酸素で燃やして、エネルギーを得るんじゃ」

「😀燃やす?」

「😵運動と言えば、ヨシは運動しとるんか?」

「😀あのな。運動しても体重は変わらへんで」

「😵じゃが、運動して汗をたくさん出すと体重は減るじゃろ

うて」

「😊それやそれ。《ランニングでカロリー消費》とか世間では言うとるけど、減るのは＜汗の重さ＞だけちゃうんか」

「😊確かに、そう言うことになるかのう」

「😊せやけど、体の中で燃やすちゅうのが恐ろしい」

「😊ま〜言えば、車はガソリンを燃やせば走るじゃろ。それと一緒じゃ。じゃが、動物は車と違ごうて、ゆっくり燃やすんじゃ。＜体内燃焼＞ちゅうらしい。車はガソリン、人間は脂肪を燃やして動くんじゃし。それで身も軽くなるんじゃて」

「😊なるほど」

「😊それで、燃えカスを炭酸ガス（CO_2）として空気中に戻しとるんじゃ」

「😊燃えカス？」

「😊灰や煙みたいなもんじゃて。それで、人も車も動くと体温が上がるじゃろう。つまり、物を燃やすと熱が出るんじゃ。それで、人間は体温を下げるために汗が出るんじゃ」

「😊ちょっと難しなって来たな」

「😊簡単に言えば《植物は呼吸で体重が増え、動物は呼吸で体重が減る》んじゃ。ヨシの【重さ作戦】には、それがポイントじゃな」

「😊せやせや。それを聞きたかったんや。つまり、汗が出て減量になるんやな」

「😊せやから、運動すると水を補給してやらにゃあかんから、

プラスマイナス一緒ちゃうか」

「😀せやせや、その水やけど、水がないと食った物も身に付かんと思とるんや」

「😷どう言うこっちゃ」

「😀体の６０％が水なんやから、干し肉（ビーフジャッキー等）を食べて、水を飲まんかったら肥えんのやないか？」

「😷そんな、あほな」

「😀水ちゅう相棒がいないと、食ったもんは諦めてウンチになって出て行くやろ」

「😷諦める？　ホンマかいな」

「😶また、妙な考えじゃな。じゃが、それは無理じゃな。喉が渇いて、結局は水を飲まざるを得んじゃろ」

「😷せや。水が足らんと動物は死んでしまうがな」

「😀死んではあかんわな」

「😶最近、多くなっとる熱中症とかは、脱水が原因じゃ。節水は良いが、脱水は駄目じゃ」

「😀ガブガブ飲まんと、最低限を飲むんや。前と後に体重計に乗って調整するんや。減った分の水を飲みゃエエんや。合わせて１日１６００グラムや。とにかく、汗をかくのが大事や」

「😷汗出して体重が減ると言えば、サウナやな」

「😀俺はサウナは何か好かん。狭い部屋の中でじ〜っとしとるのは性に合わん」

「😷俺も好かんけど、疲れが取れるから言うて連れて行かれ

たことがあるんやけど、あれなら風呂でのんびりしてる方が
よっぽどましや。でも、結構流行ってたわ」

「😊お前らには、サウナは精神修業が出来る良い時間かも知
れんぞ」

「😮何でっか、その精神修業て？」

「😊じ～と我慢をすることじゃ」

「😈我慢が下手なのは隠居の方ちゃいまっか」

引き続き≪隠居邸：ヨシとヒデがいて、ピエールが顔を出す≫

　３）高カロリーは減量に良い

　そこに、日本に居ついた友人ピエールが顔を出す。

「🙂隠居さん。こんにちは。あれ、お二人さんも居なすったか。
こんちは！」

「😈ピエール。お前も暇かいな」

「🙂ヨシさんのダイエットは進んでる様でんな。前よりスマー
トや」

「😊ピエールは、ヨシの減量作戦を知っとるのか？」

「🙂聞いてまっせ。カロリー無視の【重さ作戦】でっしゃろ」

「😈そうなんやけど、そんなら、世間で言っとるカロリーて、
そもそも何や？　ピエールは知っとるやろ。どうや」

「🙂ヨーロッパでは、日本ほどはカロリーを言いまへんな」

「😈隠居はん。ピエールはネットちゅうやつで、詳しく調べ
てくれまんねん」

「今は何でもネットじゃな。年寄りの知恵は邪魔か！」

「あのでんな。１カロリーは《１５度の１ccの水の温度を、１℃上げるのに必要な熱量》でっせ。せやから、カロリーの高い物を食ったら力が出まんねん」

「それが隠居が言う＜体内燃焼＞ちゅうやつやな」

「＜体内燃焼＞ちゅうやつは《体内でブドウ糖が酸化されて、水と二酸化炭素になる反応》と書いてありまんな」

「ブドウ糖て何や？」

「食べたものは消化されて、ブドウ糖に変わったりするんじゃ」

「ほな。やっぱり高カロリーを食べれば、エネルギーになるちゅうことや。せやから、サラダはあかんで」

「サラダはあかんか」

「サラダは、カロリー少ないから燃えにくいんやろ。その分が体に残るちゅうことになるやんか。ほんで、一日に必要なカロリーを取ろうとすると、どんだけのサラダを食わんといかんか分かるか」

「ゾウは草や葉っぱを毎日３００キロ食べるらしいでっせ」

「ひゃ〜」

「そう言えば、牛も草食うとるな、草食動物ちゅうやつや」

「さすがヒデは知っとるか。確かに、大昔の恐竜でも小型は肉食系じゃが、大型の方は草食動物じゃな」

「それに草食はゆっくり食事が出来るやんか、せやから太っ

てるんや。肉食は走り回らにゃあかんから、痩せてるんやで」

「😎それはあんまり関係ないじゃろ。ヤギなんかは太くはないぞ」

「🙂ほんまやな。せやけど、良く言われている《コメやうどんは肥える》と言う話やけど、コメもウドンも元は植物やろ。これはカロリーの割には重いから肥えるんや」

「🙂草食動物の胃には、植物を消化する体内細菌がおりまっけど、人間の胃には余りおらん見たいでっせ」

「🙂何じゃ。それは」

「🙂せやから、人間はサラダを食っても、十分消化出来ずにウンチで出るちゅうことでんな」

「😵それじゃ身に付かんし、エネルギーにもならんやんか」

「🙂せやから、軽くて高カロリーを食うのがエエんや」

「😎なるほど。ヨシの持論も認めざるをえんかな」

「😵ま〜な」

「🙂そんなら、わてがネットで調べてみまんがな」

「🙂ピエールのネットちゅうやつは、よう分らんけど便利やわ」

「😎わしの甥もやっとるが、便利らしいがうっとおしい」

「🙂ほらほら、これや、ワテが読みまんで『＜主要食品１００グラム当たりのキロ・カロリー＞オイル類／９００キロカロリー、チョコレート／５５０、せんべい／４００、肉／４００、魚類／３５０、パン／２５０、ウイスキー／２５０、白米／２００、日本酒／１００、バナナ／１００、牛乳／

８０、リンゴ／５０、ビール／４０、レタス／１０キロカロリー』
みたいでっせ」

「😄ほれみてみ。リンゴやレタスは重いだけでカロリーあら
へんから【重さ作戦】ダイエットの敵やんか」

「😟健康にはエエんや」

「😄細かく調べんでも、野菜より肉がエエちゅうことや」

「😑ところでヨシさんよ。実際には毎日の生活でどうやって
はるんでっか、退屈しのぎに聞かしてくれまへんか」

「😄出来るだけ体重を計るこっちゃ。①ひとつ！　とにかく
計る。起きた時、寝る時、食う前と後、トイレの前と後や。②
ふたつ！　カロリー無視で"軽さ"で食う。食べ物を買う時は
重さをチェックするんや。③みっつ！　水は必要以上取らない。
水は重いだけでカロリーがないんや」

「😲しょっちゅう体重を計る言っても、いちいち裸になるん
かいな」

「😄せやから、服の重さを計っておくんや。そうすりゃ引き
算できるやろが。頭使ってんやで」

「👓ほ〜、考えたな」

「😄あんな、俺の夏は、家ではパンツとシャツだけやから、
２００ｇ、それにパッチと長袖を追加すると４００ｇ、寝間着
姿で６００ｇや。冬は厚い寝間着姿では、なんと１２００ｇや
で」

「😲へ〜。結構、重いやないか」

「☺確かに一度チェックしときゃ、あとは引き算で簡単でおまんな」

「☺そして、グラフにして付けとるんや。減って行くのをグラフを見てたら楽しいで」

「☺しかし、ヨシの方法は、糖尿病や高血圧なんかの健康対策とは別物でじゃな」

「☺ま〜な。でも、それはそれで、医者の所でチェックすればエエやんか」

「☺ヨシは、医者に行くんか？」

「☺そのうちな。あ〜それから、よくカロリーゼロ表示の食品を見るやろ。でもな、そいつを口に入れたら、カロリーは得れずに体重は増えるんやから、ダイエットにはあかんのや」

「☺ほなら、良く噛まずに食べるのもダイエットにエエのとちゃいまっか」

「☺そりゃ、体に悪いやろ。下痢するかも知れん」

「☺下痢はダイエットにエエんでっせ」

「☺おっしゃるとおりやわ。ほんで、何か食べたい時は甘いガムを噛むのがエエ。これで気を紛らせるんや。ガムのシロップは軽くて体重は増えんし、間食を減らせる」

「☺結論は、ガムを噛みながら、しょっちゅう体重を計ることでっか」

「☺減った重さの分だけ食べるんや」

「☺大便、小便、汗、吐く息、垢、ひげ、爪、ヤニ、痰、唾、

目くそ鼻くそで減った分を食べるちゅうことでおまんな」

「😊せや。ほんで、食べる前に計って、前より増えんように食べるんや。簡単。カロリーは無視！　ま〜俺の場合は何もせんでも１時間で５０ｇ減っとるからな」

「😐さいでっか、１日では５０ｇ掛ける24時間で１２００グラムでんな」

「😊【重さ作戦】や」

「🐼ヨシは大したもんじゃ。感心するぞ」

「😐確かに１００グラムのステーキ肉は約４００kcal で、ライスは半分の２００Kcal でっから、ライスは肉と同じ目方は増えるが、カロリーは半分しか摂れんから、効率悪いでおまんな」

「😊しかも、肉は美味い」

「😐人間の１日の必要カロリーを１６００Kcal とすると、肉なら４００グラム、米なら８００グラムを食わにゃだめか」

「🐼もっとカロリーの少ない野菜なら、何と１６キロちゅうことか」

「😐あのパンダなんかは、笹を毎日２０キロも食っとる様でっせ」

「🐼あれ？　確かヨシは１５キロ言っとったで」

「😊パンダにも良く食うやつと、そうでもないやつがいるんや」

「🐼結局は、高カロリー食の方が ”体重“ は増えんちゅうことになるのかのう」

「😈でも、野菜の方が"うんち"が一杯出るんやないか。体重減らすには"うんち"が大事や言うとったやないか」

「😺さすがヒデじゃ。確かに、そうなんじゃ」

「😈せやけど、先ずは、口に入れんこっちゃ。減った重さ以上には食べんちゅうことに集中するべきや」

「😼ヨシさんは的を絞ってまんな」

「😈ほな、コンニャクスパゲティ、豆腐ハンバーグは、どうなんや」

「😺糖尿病や高血圧対策に良く言われる食事療法じゃな」

「😈そうかも知れんが、ダイエットには馬鹿げとると思うで。そんなんは重とうてカロリーがない！」

引き続き≪隠居邸：ヨシ、ヒデ、ピエール≫

4）砂糖はダイエットに良い

「😈あ〜それとな。甘い物はダイエットに良くないと言われとるやろ。でもな、砂糖は少ない量で食欲の減退につながるらしいから、食事の前に舐めればダイエットに繋がるんやで」

「😈俺は、砂糖よりもアイスクリームが欲しいな」

「😺いやいや。ヨシの【重さ作戦】で言うと、量が少なくて甘い砂糖の方が良いんじゃろ。ただ、ケーキよりはアイスクリームの方が良いかも知れん」

「😈ヨシが好きなチョコも、上手に利用すればダイエットに良いと言うことかいな」

「☺でも、チョコ食べ過ぎたら糖尿になりまんが」

「☺当然、栄養バランスには気を付けにゃいかん」

「☺ぐちゃぐちゃ言わずに、ダイエットは高カロリーで軽い物を食べるんや。それが【重さ作戦】や！ちゅうねん」

◆ピエールの余談２・運送会社のオブジェ・写真４◆

「☺ところで、皆さん。パソコン開いたついでに、パソコンの中にあるこの写真を見てくんしゃい」

「☺最近は、写真もパソコンで見るんじゃな」

「☺何じゃこれ。相撲取りがコンテナ持ち上げとるで、どこで見つけたんや？」

「☺パリ郊外の高速道路沿いの運送会社の庭で見かけたオブジェでんね」

「😨🙂パリでか。おもろ〜」

「😨せやけど、難しい色んなことを言われたので、冷汗が出て大分痩せたわ」

「😎痩せたんじゃない。軽るなったんじゃろ」

「😊せや。軽るなったんや」

「😎ほな、締めに一句作ろうかの」

「😨ありゃ隠居の好きな俳句でっか」

「😎今日は短歌じゃ『ダイエット　カロリーよりも　何グラム？　暇さえあれば　体重計』、ヨシよ。これでどうじゃ」

「😊お上手。ほんま、体重計が大事や。何事も前と後に体重計や。ぐじゃぐじゃ言わずに、軽るなった重さだけ、出来るだけカロリーのある物を食べる。そんだけのこっちゃ(提案③)。軽るなった分だけやで」

「😨ほな、そろそろ失礼しまっせ」

「🙂せやな。天気もエエし、ちょっとぶらぶらを楽しむわ。隠居はんも、どうでっか」

「😎わしは朝にぶらぶらは済ました。今からは植木の手入れでもしよかと思とる。本も読みゃないかんしな」

「🙂本でっか」

「😨ほな、さいなら」

結論

カロリー管理でなく【重さ管理】

第2章　防犯

その1：【制度改善が不可欠】

桜が満開で、ぽかぽかと陽気が良い春の休日の昼過ぎ

≪ヨシの家：ヒデが来る≫

1）隠蔽と忖度

「🧑ちわ〜。おっ、やっぱ細くなったな。重さ作戦は続いとる見たいやな。ガムも食っとるんか？」

「🧑せやねん。【重さ作戦】や。小腹が減ったらガムがエエんや。ガムは重さがないやろ。今更、背は伸びんやろうから、俺は減量に専念や」

「🧑真面目に続けとるんやな」

「🧑ちょうどエエ。聞いてくれるか」

「🧑今度は、何を言い出すんや」

「🧑何か世の中が変やな。テレビでしょっちゅう言っとるやんか。【そんたく（忖度）】やとか【いんぺい（隠蔽）】やとか」

「🧑あ〜。あれか。国の偉いさんがズルいことばかりしとる

44

やっちゃな」

「😠エエ大学出て恥ずかしないんかな。あんなことして、友達なんかに顔向けできるんかな」

「😠友達もエエかげんなのが多いんとちゃうか」

「😠大体。仕事に対して＜やる気＞がないんやで」

「😠どやろか。【忖度】なんかは変に＜やる気＞があるからやるんとちゃうか」

「😠へ〜」

「😠【忖度】ちゅうやつはゴマすりや。おべっかとも言うな」

「😠そんなもんを＜やる気＞って言うんかいな」

「😠そりゃ、上のもんに気に入られて出世を期待しとるんや。出世も立派な＜やる気＞やで」

「😠あ〜。出世か」

「😠大体、俺らは仕事が増えたら儲けも増え、ボーナスが出たり出世も出来るやんか。せやけど、役所ちゅうのは売り上げがないやろ。そんな所で出世するには【忖度】が大事なんとちゃうやろか」

「😠そんなもんかな〜。ほな【隠蔽】ちゅうやつは、どうなんや」

「😠あ〜。この【隠蔽】ちゅうやつは、【忖度】よりもたちが悪いな。ほんま、ようやるわ」

「😠隠したって、いつかバレるやろに」

「😠いや。皆で隠したら隠し通せるんとちゃうか。皆で自分らに都合が悪いことは【隠蔽】して、恥を外に出さんようにし

てるんや」

「😊そう言うことかいな。ほんま、頼むわ」

「😨あんな。売り上げのない所では、ボーナスなんかも予算で決まって一定みたいやから、仕事が増えることを嫌うんやろな」

「😊確かに、ボーナスが増えへんのやったら、仕事は増やしたくはないわな」

「😨せやから、俺、思うんやけど、嫌な仕事や都合の悪い仕事を【隠蔽】しよるんとちゃうやろか。せやろ、慣れんことするとミスしたりするやんか。そのミスを【隠蔽】しよるんや」

「😊俺らもミスは嫌やけどな。せやけど、役所でもボーナスの取分は人によってちゃうやろ」

「😨せやから、＜忖度＞や＜隠蔽＞をしたら、ボーナスの取分が増えるんやろな」

「😊あ〜あ〜。そう言えば、俺んとこにもおるで。監督にゴマすっとるやつは出世も早いし。ボーナスもエエみたいや。あれが【忖度】なんやな」

「😨そんで、そんなやつは、失敗や都合の悪いことは【隠蔽】したりしよるな」

「😊そうか。俺んとこでも【隠蔽】ちゅう程のもんやないけど＜隠し＞よんな」

「😨会社の偉いさんがすると【隠避】や。大体、都合の悪いことは黙っとったら皆がハピーやんか」

「😠でも、いつかはバレるやろ」

「💀バレる頃には、会社辞めてて、貰ったボーナスで左うちわとちゃうかいな」

「😠左うちわかいな。ズルいな」

「💀ことなかれちゅうのもある。目をつぶってたら楽やんか」

「😠世の中は難しいな」

「💀組織の問題やな。体制や制度の問題や。個人の責任を追及しても、仕組みを変えん限りは、【忖度】と【隠蔽】ちゅうやつはなくならんわ」

「😠ありゃ。難しい言い方するなや」

「💀ま～な。これ以上は、裏の隠居の所で話そうや。小腹もすいたし。な！」

「😠せやけど、隠居は物知りやから話が長くなって、菓子や酒が出たりするから、減量には大敵なんやけどな」

「💀最近は、隠居の所も、肥えるほどの食いもんは出んから、安心せい」

「😠せやな。ほな、暇やし行こか」

≪隠居邸：ヒデとヨシが押し掛ける≫

「🐼これは、これは。お二人さん。来んしゃったか。何じゃ今日は？」

「😠＜やる気＞の話でんねん」

「💀ちゃうがな。【忖度】と【隠蔽】の話やんか」

「😊お〜難しい話をしとるんじゃな。しかし、最近の官僚はひどいみたいじゃな」

「😠ほんまや。偉いさんには＜やる気＞がないんやで」

「😼ヨシよ。さっき言ったやんか。変な＜やる気＞があるから【忖度】と【隠蔽】するんやで」

「😊そんなぶっそうな話をしとったのか」

「😼隠居さんよ。組織は何に付けてもことなかれでっせ。平穏無事を良しとするから、色んなことに目をつぶるみたいや。児童相談所や教育委員会なんかもエエ例。持ち込まれた＜いじめ＞や＜体罰＞の相談も無視しとるやんか」

「😠何で無視するんやろか」

「😼さっき言ったやろが、仕事が増えるし、担当地域で問題が多いと恰好悪いからや」

「😠そんなんやと、世の中は真っ暗やんか。テレビでは困った時には、専門家に相談しなさいちゅうてるのに、専門家が＜やる気＞ないんやて、殺生や」

「😊それに、相談所はあっても、電話が繋がらんらしいぞ」

「😠あ〜それは、良く聞くな。電話に "でんわ！" かも」

「😊真面目に聞きなさい。じゃがのう。相談を受けても、相談がなかったようにしてる所もあるみたいで情けないぞ」

「😼あんな。変に相談事項が増えると、上司の機嫌が悪くなるから、【忖度】して隠しよるんやろ」

「😠【隠蔽】や」

「😐じゃが、皆が頼りにしている相談所が【隠蔽】じゃと困るな」

「😠ほんまや。＜もみ消す＞ちゅうのはひどいな」

「😠【隠蔽】以前の問題や」

「😐皆が皆、そうではなかろうて。一部の人の心違いで真面目な相談所が気の毒じゃ」

「😠おれらと同じように、仕事が増えるとボーナスが増える様にすればエエのにな」

「😐確かにな。持ち込まれた相談や問題に、真剣に取り組むシステム作りが大事じゃろうて」

「😠せやせや」

「😐良き方向へ向かっての組織の活力、モチベーション、やりがいの欠如が問題じゃ。それに対しての正当な評価が確立していないと、個人プレーに重点が置かれ、【忖度】と【隠蔽】がはびこり続けるじゃろうて。その辺への問い詰めがマスコミなんかで不十分じゃなかろうか」

「😠せやせや、組織ちゅうものは【隠蔽】をするんやから、【隠蔽】が損になる様にせんと、トカゲのしっぽ切りだけでは、また、起こるわ」

「😐そうなると、人事査定のシステムも大事じゃな。上手な評価システムがないと、難しい仕事は遠のけて、安易な仕事のみをやりかねん。よく国営企業が民営化されて生き返るのは、＜やる気＞が出る組織に変わるのが大きいと言われとるん

じゃ」

「😎人事システムか。俺のダチに人事担当のやつがおるけど、いつもブツブツ言っとるで」

「👹何をブツブツ言っとるんや？」

「😎俺には良く分からんブツブツや」

「🐼何じゃ。＜やる気＞を評価する人が＜やる気＞がないのは困るぞ」

≪隠居邸：ヨシ、ヒデにピエールが参加≫

２）警察

「👹隠居さんよ。警察も気を付けなあかんな。ストーカー何かの相談も、ほっとくのが多いみたいやんか」

　皆が話に熱を入れてる隠居邸に、ピエールがやって来る。

「🐯隠居はん、こんにちは」

「🐼お〜。ピエールか」

「🐯ヨシはんの所に行ったら御留守なんで、ひょっとしてと思て、こっちに来ましたんや。やっぱり、皆さん御揃いでんな。ところで、今日は何の話でっか？」

「👹【忖度】と【隠蔽】の話や」

「🐯ありゃま〜。最近、世間を騒がしとるやつでおまんな」

「🐼ピエールも来たこっちゃし、何か飲みものを用意しようぞ」

「😎👹おおきに。待ってましたや」

「㋕ところで、話はどこまで行ってます？」

「㋫国の偉いさんが【忖度】と【隠蔽】しよるし」

「㋐俺らが頼りにしている警察も、事件をもみ消してるんとちゃうかちゅう話や」

「㋕あ〜。警察と言えば。この辺は、町をウロウロしても、ポリさんを余り見かけまへんな」

「㋫そんなことないで、自転車で巡回しとるで」

「㋐日本は、どこもこんなもんや」

「㋕パリなんかは、町中ポリさんばっかりでっせ」

「㋫パリ！」

「㋕歩いとるポリさん、それに自転車、オートバイ、パトカーのポリさんで大賑わいでっせ。まれにローラースケートのポリさんもおりまんがな」

「㋫何じゃそれは。ローラースケートて、妙なポリさんやな。役に立つんか？」

「㋕何で町のポリさんが気になっとるかと言うと、この間、警察官の数を調べたんでっけど。ほら、見せたりまっせ『アメリカ７１万人、トルコ３４万、そして、日本、ドイツ、イタリアは同じ２５万人。フランスは２２万人』でっせ。日本も、こんなに多いおまんのに、皆さんどこに居てはんのでっしゃろか」

「㋫交番に居てるんや」

「㋐交番て何個あるんやろか」

「㋕ちょっと待っとくれやっしゃ。えーと、１４，０００位み

たいでっせ」

「😎３人づつとしても、５万人位じゃな」

「👹一人の所が多い見たいやで」

「🤫それに、交番は、いつも留守でっせ」

「👻残りは２０万人や」

「👹私服で町に紛れ込んでるんやろか」

「🤫ホンマでっか？」

「👹知らん！」

「😎そう言われてみれば、どこに居るんじゃろか。日本は安全やから言うても、ひったくりや、ひき逃げがあるんじゃし、２５万人も居るんじゃったら、もっと町で見かけても不思議じゃないな」

「👻悪い奴を捕まえるので忙しいんかいな」

「👹捕まえるのに２５万人も要らんやろ。俺らは、あんまり感じんかったんやけど、あらためて２５万人が、どこに居るかと言われると困るな」

「🤫そうでっしゃろ。ポリさんが、もっと町を見回ってれば、犯罪がもっと減ると思いまっせ。犯罪防止や検挙に＜やる気＞を出して貰わんと」

「👻＜やる気＞はあるやろけどな。確かにポリさんは、どこにおるんやろか」

「👹事務員が多いんかも知れんな。せやけど、事件は現場で起こってるんやからな」

52

「🙂そう言えば、騒動があった時に、機動隊ちゅうやつで大勢出っ張るで」

「🙃ほな、その人ら、いつもはどこに居てはるんでっか?」

「🙂知らん。どっかで待機してるんやろ」

「👹訓練してるんかな」

「🐼ほりゃ。皆さん。酒の用意ができたので、飲んで下されよ」

「🙂👹🙃これは、おおきに、おおきに。あ〜美味い。天国でっせ」

　皆で酒を味わう。

「🐼警察と言えば。おいヒデよ、この辺は、やたらとビデオカメラが増えたやんか。そのお陰かゴタゴタが減っとる。せやから、ポリさんもあんまりウロウロしてないんとちゃうか。近所のおばはんも、以前に比べて安心して出歩けると言っとるで」

「🐼あ〜防犯カメラちゅうやつじゃな。それはワシも感じとる。何か映画館の前の交番に数字が書いてあるじゃろ。この所、それがゼロの日が多いぞ」

「🙂犯罪とか事故件数ちゅうやつや。あれがあると【隠蔽】も減るやろ」

「👹せやけど、あの数字は信用してエエんかな」

「🐼そうじゃな。数字で管理すると数を減らそうとして、隠し事が多くなるかもしれん」

「👹【隠蔽】や」

「🙂ポリさんを少しは信用せなあかん。偉いさんが悪いこと

をするから、町のポリさんまで疑われるんや」

「😊せやけどビデオが増えると【隠蔽】が減るんとちゃいまっか」

「😈せやろか。ビデオを【隠蔽】しよるで」

「😰いくら何でも、そこまですると犯罪じゃ」

「😐でも、監視ビデオかなんかで事件が減って平和に成ると、ポリさんは手柄を立てるチャンスも減るな」

「😈そんでも、犯罪が減って褒められるやろ」

「😟けど、褒められた後は、暇に成ったので人数を減らされたりするんちゃうか、人数が減れば、ポストも減るやん」

「😈せやな、何も事件が無ければ、犯人を捕まえて褒められることもなくなり、偉いさんから忘れられるかもな」

「😰そうなると＜やる気＞が心配じゃ。出世の為の【忖度】が増えるんじゃなかろうか」

「😐あのな～。今思い出したんやが、俺の姪の旦那がポリスなんやが、新しい署長が、自殺と思われる事件でも、殺人ちゃうかと言って大騒ぎしよると嘆いとったわ。自殺なら何もかも処理がスムーズに行くのに、それをひっくり返して仕事が増えて大変らしい」

「😈何や。【隠蔽】と逆やな。エライ＜やる気＞がある署長やんか」

「😐どうも、その署長は手柄を立てて、本部に戻りたいらしいんやけど、周りのもんは迷惑やんか」

「😎じゃが、少しでも疑いがあれば、調査すべきやと思うぞ」

「🙂ところが、結局、みな自殺で落ち着くらしい。そして、万一、自殺やなくて事件やとなっても、犯人を見つけられんかったら、今度は怒られるんやで。そんなことで毎日が大変らしいわ」

「🤓自殺で処理した方が良かったちゅうなら、そりゃ許せんぞ。それこそ【隠蔽】じゃ」

「😐警察官は、悪い奴を捕まえることに＜やる気＞を出して貰わんとな。＜やる気＞の元は犯罪の＜検挙率＞と言うやつのＵＰちゃうんかいな」

「🙂そうかも知れんが、部下はアップアップらしいで」

「😐ま〜、俺らは捕まえる前に、悪いことが減ってほしいな」

「😎そりゃ防犯じゃな」

「😏それは＜犯罪件数＞を減らすちゅうやつでっせ」

「🙂せや、俺らにとっては、それがエエわな」

「😐せやけど、ポリさんには＜検挙率＞のＵＰと＜犯罪件数＞のＤＯＷＮと、どっちが出世に繋がるんかな？」

「🙂なんや。アップとダウンて」

「😏確かに、それによって、お巡りさんの＜やる気＞も変わって来まっしゃろな。パリ何かは、ポリさんが交通違反の検挙に＜やる気＞を出し過ぎて迷惑らしいでっせ」

「😐そう言えば、昨日のニュースで『警察官が、担当の８つもの事件を放ったらかしていて、罰せられた』と言っとったわ」

「😮あ〜、それは俺も聞いたぞ。事件の【隠蔽】やな」

「😠放ったらかした理由が『担当の事件を増やしたくないから』なんて＜やる気＞がないやんか。そんで、罰則が停職一か月ぽっきりなんや、軽過ぎやで」

「😮でも、放ってたのは交通事故の捜査らしいから、他の大きな事件で忙しかったのとちゃうか？」

「😎しかし、これは警察官の根本の問題じゃのに、罰が軽いと言うことは、しょっちゅうやっとるんやないかと疑うわれても仕方がない。そんなんじゃから、相談事もほったらかしにするんじゃろ。ほんまに許せん」

「😲ありゃ。隠居怒っとる」

「😮せやな、ポリさんには頑張って貰わなあかんのに」

「😐こんなことがあると、殺人事件でも自殺で処理しとるんちゃうんかと疑いたくなりまっせ」

「😎それを考えると、ヨシの話の署長さんは＜やる気＞があって立派じゃぞ」

「😲せや、部下の方があかんぞ。ヨシよ！　姪にしっかり言っとけよ」

「😐ほならっと、ちょっと気になってたものを見てちょ。１０万人辺りの＜殺人と自殺の件数＞でんねん」

「😎また、ネット情報か」

　ヨシとヒデがピエールのパソコン画面をのぞき込む。

「😲ありゃ。日本は殺人は少ないけど、自殺が多いやんか」

「㋹そうでっしゃろ。殺人はアメリカの１０分の１、ヨーロッパの３分の１やけど、自殺が倍でっせ」

「㋰それは、あかんやんか」

「㋹あかんあかんでんな。そんでな、自殺と他殺の両方足したら。ほら、合計では西洋と同じ位の数字になりまんねん」

「㋐ほ〜。それは気になるな」

「㋰だから、どうしたんや？」

「㋹ワテ思うのやけど、日本で自殺言うてる中に、殺人があるんやおまへんか？」

「㋰えっ！　俺の甥の上司と同じこと言うやんか。そりゃテレビの見過ぎやで」

「㋐ピエールの言いたいことが分かったわ。警察の見落としがあるんとちゃうかと言いたいんやな」

「㋹見落としだけでっかな？」

「㋰うん？　どう言うこっちゃ？　甥の上司を知らんから、そんなことを言えるんや。ポリは疑い深いんやで」

「㋐でも、ヨシよ、さっき話した、停職１か月のポリみたいな者もおるからな」

「㋹そうでっせ。のんびり出来まへんで」

「㋰ほんまやな〜」

「㋹せやから、あんまり＜犯罪件数＞を減らせ言うたら、殺人が減って自殺や事故が増えまっせ」

「㋐う〜ん。また、ピエールは気になることを言う」

「何か複雑な気分やな」

「そう言うこっちゃかも知れまへんで。ヒデさんよ」

「なんや、二人で『そう言うこっちゃ』て、きしょく悪い」

「う〜〜ん」

「＜犯罪＞は警察の仕事やけど、＜自殺＞やと警察は担当せんでもエエからな」

「せやけど、それはポリさんの責任やないやろ」

「ヨシには＜もやもや＞はないな」

「ないない」

「日本では、自殺か他殺かは誰が決めるんでっか？」

「そりゃ、医者やろ」

「俺もそう思うで」

「でも、警察が変やと思って、監察医に検査に出したらでっしゃろが」

「かんさつい？」

「つまり、所詮は警察しだいちゅうことや」

「家族なんかの話も決め手になるんとチャウかな」

「その点、遺書があれば一発じゃがな」

「せやから、ポリにも疑ってしつこく調べるのがおるて言っとるやろ」

「でも、一人暮らしの場合は、難しいケースがあるじゃろな。それに日本の自殺は、若者が多いと聞いとるぞ」

「え〜！　それはあかんやんか」

「そもそも、話はポリさんの＜やる気＞じゃったな」

「せやせや。それは大事や」

「じゃがな、余り数字で判断すると、数字操作での【隠蔽】が起こりかねんしな」

「それと＜検挙率のＵＰ＞と＜犯罪件数のＤＯＷＮ＞は両方が大事やから、上手に評価してやって欲しいわ」

「せやけど＜検挙＞は華々しおまっけど、＜防犯＞は地味でっからな。優秀なポリさんは検挙担当かも」

「やっぱ、先ずは＜検挙率＞やで。直ぐ捕まると分かったら犯罪も減るやんか」

「日本の警察は優秀やからな」

「優秀？？　ヨシさんよ。日本の検挙率は３４％でっせ」

「ありゃ。思ったより悪いな」

「韓国は８０％近いし、台湾は５０％ぐらいでっけどな」

「ありゃ、俺らが聞いとる話とチャウやんか」

「最近は詐欺なんかが増えてきて、捕まえるのが昔より難しなっとるからと違うんじゃろか」

「オレオレ詐欺も犯罪やからな」

「それは韓国や台湾でも一緒ちゃいまっか」

「ほな、外国の方が【隠蔽】が多いんとちゃうか？」

「ほんまかいな」

「＜やる気＞が方向を間違って【隠蔽】や【忖度】とならぬ様に、しっかりとした評価が出来る体制作りが先決じゃ。そ

れをせずにトカゲの尻尾切りでは、同じことの再発は避けれん
な」

「😈売り上げがないのがあかんのや。警察にとって犯罪が売
上となれば、犯罪を【隠蔽】や【忖度】することはなくなるやろ」

「😑しゃーけど、それやと＜防犯＞はおろそかになりまっせ」

「😊ほな、警察を犯罪を見つける組と、解決する組の二つに
分けるんや。そうすれば、其々が仕事に打ち込めるやろ（提案
④）」

「😈見つける組てなんや？」

「😊俺らの所で言うと＜営業＞やな。"仕事"を見つけてくる
部隊や」

「😈仕事？」

「😊犯罪や」

「😊なるほど、そうすれば嫌な仕事を握りつぶすことが減る
かもしれんな。事前相談の【隠蔽】がなくなるじゃろて」

「😈せやな、仕事嫌いなやつに受付をさせんちゅうことやな」

「😊ほんで、解決する部隊ちゅうのは、俺みたいな現場や。
営業が見つけた仕事を完成するんや」

「😊生産部隊みたいなもんじゃな」

「😊そして、その成果を野球やサッカーの様に、毎日、大々
的に発表したらおもろいやんか」

「😈野球の打率みたいに順位を付けて、数字の悪い所は、下
部と入れ替えるんか」

「🐼そしたら、オラが町の警察署のために、市民も目撃や聞き込みなんかで応援するかもな」

「🧓ホテルや病院、そして銀行のサービスなんかでは、ネットに採点が出たりしてまっしゃる世の中でっからな」

「🐼ポイント制ちゅうのも良いかも」

「🐼ヨシは時折良いことを思いつく」

引き続いて≪隠居邸：ヨシ、ヒデとピエール≫

３）消防

「👹消防は大丈夫やろか」

「🐼消防は大丈夫やろ。起こった火事を＜隠す＞ことは無理やんか」

「🐼それに、隠す必要もなかろうて」

「👹ついでに消防署もポイントをやったらどうかな」

「🧓消防署は無理でっしゃろ。どんな数字を使うんでっか？」

「👹担当地域で火事が起こらん日数を競うんや」

「🐼なるほど、防災に力を入れて貰うんじゃな」

「🐼ほな、医者もどうやろか。病人が出なかった日数を競うんや」

「👹消防と言えば、いつも思うんやけど、火を消すのに１０台以上の消防車が出っ張って、何時間も掛かって、しかも、殆ど焼けてしもとるやんか」

「🐼俺は見たことあるんやけど、消すのは大変やで、火は本

当に怖いんや」

「😨それは分かっとる。せやから、消防士さんには文句はないがな。でも、そろそろ、すごい消し方がないんかな。空から大きなバケツでドンと水を落とすとか、大きな袋で火事全部を包んで、炎を窒息させるとか」

「😊ほんまでんな～。必要なのは画期的な方法でんな。でも最近は、水だけでなくて、泡や特殊な液体を使ったりしてる見たいでっせ」

「😨どうでもエエけど、消すのに時間が掛かり過ぎとるわ。大体ホースが細すぎる」

「🐧ヒデは、厳しいな。ほなら、消火に掛かった時間を測って、ポイントを競い合いんや」

「😊それを週刊誌で公表でっか」

「🐧ボーナスも出さなあかんで」

「😸また、ボーナスか」

「😊先ずは、火事の状態をランク付けせなあきまへんで、火事でも色々ありまっからな」

「😸もっと知恵を絞らなポイント制は難しそうじゃぞ」

「😨確かに難しいかも」

「😸ま～。消防は【やる気】の心配はなかろうて、命がけの仕事やし、安全が優先や」

「😊ただ、ヒデはんが言う様に消火の画期的方法を見つけたいでんな」

「😾山火事や工場の火事なんかは大変じゃろて」

「🙂お酒を頂いたら、話が盛り上がって来やしたな」

「😾早く消す【やる気】も大事じゃが、確かに、防火の日数を競うのも大事じゃな」

「🐼夜回りの《火の用心、さっしゃりませ》だけでは、心もとないわ」

「😮せやけど、【隠蔽】【忖度】の話とは大違いやわ」

**　引き続き≪隠居邸：ヨシ、ヒデとピエール≫**

　４）「やる気」の出る制度を

「😾はっきりしとるのは、働く皆さんが"正しい"【やる気】が出るシステムの構築が大事で、それがなけりゃ【隠蔽】や【忖度】がなくならんちゅうことじゃな」

「🙂馬もニンジンを顔の前にぶら下げたら、前に走りまっけど。尻尾に付けたら、グルグル回るだけでっシャロ」

「😮何や。それは」

「😾人参も上手に付けにゃ、馬も変な方向に走るなちゅうことじゃろ。失敗を認めれば、自らに責任が及びかねないという、組織としての強烈な防衛本能がある様じゃ駄目じゃ。何か、最近の日本は平和ボケかどうか知らんが、緊張がなくなって、組織や色んな体制が腐り始めとるんじゃなかろうか」

「🐼変な【やる気】を持っとるのが増えたんかな」

「🙂せや。【忖度（そんたく）】が【存度（ぞんたく）】になっ

「てまんがな」

「何じゃそれは？」

「依存の＜存＞で、べったりちゅうことでっせ」

「よう分からん」

「ところで、やる気と言えば、こんな話がおまんねん」

「おもろい話か？」

◆ピエールの余談３・タイの木彫り象作り・写真５◆

「その人は、タイでチーク材の木彫り象を作ってまんのやけど。５人ほどのタイ人を雇ってるんやて」

「社長さんか。ほんで儲かってるんか？」

「それが、暑い国やから、ゆっくり働くんで作れる数がしれとるらしい」

「分かる。分かる。暑いのはかなわん」

「それで、どうしたんや」

「それで、一個作ると何ぼと言う給料にしたら、朝から皆がごっつう働き出したんやて」

「口銭システムちゅうやつやな。うちでも時々やりよるは」

「ほんで、午前中で今までの数を作ったんやて」

「ほな、午後での分が増えて、倍になるんやと大儲けやな」

「それがちゃいまんのや。午前中にいつもの数を仕上げたら、午後からは昼寝をし出したんでっせ」

「ありゃま〜。欲のない奴らやな」

64

「🙂でもな、俺もそのくちかも知れんな。生きるのに必要な
カネさえ有れば " 良し " や」

「😠へ〜、お前は名前もヨシやからな」

「🙂どう言うこと？」

「😠😠ピエールが変なことを言い出したので、そろそろ、帰
りますわ」

「🙃ほな、ワテも帰りますわ」

「😠😠🙃さいなら」

「🐼また、気が向いたら来んしゃい。その前に一句じゃ『や
る気出る　体制作り　必須で　【隠蔽】【忖度】起こらぬ世界』」

「🙂またまた。変な句でんな。さいなら」

結論

"今の"《制度》では、【隠蔽】【忖度】は無くならん。

その２：刷り込み

快晴の休日。≪ヨシの家：ヒデが来る≫

１）＜関心＞から＜監視＞へ

「😮お〜元気か。ヨシよ、このあいだの駅前のコンビニ強盗
が捕まったらしいぞ。コンビニの監視カメラに写っていた強盗
が、パチンコ屋近くの監視カメラや商店街のカメラにも写って
いたんや」

「😶何か知らぬ間に、この辺も監視カメラが増えたみたいや
な」

「😮ヨシも変なことしてたら、カメラに写っとるで、気いつ
けや」

「😠俺は人に見られて心配なのは＜立しょん＞ぐらいや。け
ど、最近は、この辺も人通りが多いので、＜立しょん＞もせん
ようになったさかい、カメラがあっても問題ないわ」

「😮ま〜。今回は監視カメラのお陰で捕まったんやけど、あ
ちこちにカメラがあって、プライバシーちゅうやつは大丈夫な
んかな」

「😠プライバシー何て言っとるやつは、後ろめたいことをし
とる奴ちゃうか」

「😮昔は、爺さん婆さんがあちこちで目を光らせとるし、よ
そもんは目立つさかいに、悪いことをするやつは少なかったが、

最近は、その代わりにカメラがあると言うことになるんやな」

「😊俺はプライバシーより安全が大事や。映されて困ることは、せんかったらエエんや」

「😱せやけど、監視を変なことに使われたら困るやんか」

「😊変なことて何や？」

「😱それは、思想調査とか言うやつや。国や警察が悪用しよるんや。でも、俺らみたいな小者は心配せんでも大丈夫かも」

「😊小者か……」

「😱せや、俺ら小者にとっては、近所の目の代わりと同じやと思うべきかな。せやけど、電車の中にもカメラを付けるちゅう話があるけど、ちょっとやり過ぎとちゃうか」

「😊ほんでも、犯罪やマナー違反が減ってエエんやないか。毎日の生活マナーに気合が入るで」

「😱ヨシは甘いな」

「😊安全のためには＜しゃーない＞と諦めたらエエ。情けないと言えば、情けないけどな」

「😱言ってみれば『**街（まち）なかは　むかし関心　いま監視**』ちゅうことかいな」

「😊ま〜な。気を付けんと、コソコソ悪いことをするやつばかりやからな」

引き続き≪ヨシの家：ヒデが居る≫

2）刑務所の目的

「ほんで、悪いことしたやつはムショ行きやろ。でも、このあいだ、ムショをテレビで見せとったんや。そしたら、本を読んだり、中庭でゆっくりしたり、たまには、テレビを見たり、慰問の娯楽もあるようで、そんなにつらい生活には思えんかったで」

「ヒデは良い所だけ見たんとちゃうか。実際は、作業場で何かを作らされたり、酒は飲めんし、好きなものも食えんやろ。それより、自由に好きな所に行くことができんのは、やっぱり辛いで。それに、日当たりも悪そうやんか」

「日当たりは、ヨシのとこもエエとは言えんぞ」

「これでも、西日はごっつう入るんやで」

「でも、昔は大岡はんが裁判して、むち打ちがあったり、島流しや。そんで島流しの連中は入れ墨されて、帰ってからも悪いことしたやつは、世間の人が分かるようにしてたやんか。しかも、極悪もんは獄門台送りやで。それに比べて、最近は緩うなっとるんとちゃうか？」

「罪を憎んで人を憎むなと言うんや」

「エラいことを知っとるんやな」

「そんで、心入れ替えて、まっとうな人間になるように、ムショの中で教えてるんやろ」

「でも、根っから悪い奴は、簡単には改心せんぞ。ま〜待

遇を良くして、ムショに長く居て貰えば、世間は安心やけどな」

「😃でも、いつか出て来るんやから、心入れ替えて貰わにゃ困るやんか」

「😱でも、この不景気で冷たい世間にムショから出て来ても、暮らしていくのは大変ちゃうかな」

「😃せやから、その辺のこともしっかり考えて、刑務所はやっとるんやないかな〜」

「😱ほんまか〜。やっぱ、ムチ打ちの方が効果あるんとちゃうかな」

「😃せやな、痛いと、もう二度と悪さしたいと思わんやろからな」

「😱この間なんか、駅のホームで人を突き落としたやつがいたやんか、それも何の恨みもない人をやで。そんなやつは、先ずはムチ打ちや！」

「😃そう言えば、冬にはムショの方がエエ言うてるやつがおったらしいで」

「😱ほれ見てみ。あんな番組見せるから、そんなことを考えるやつが出て来るんや。ムショに行きたいから言うて、悪いことされたら被害者はたまらんで」

「😃せやな。ムショは厳しいちゅうことを宣伝して貰わんと困るな」

「😱被害者かて、犯人がムショで厳しく罰せられてると思うことで、ちょっとは気が晴れるかも知れんやんか」

「🙂ほんまや」

「💀やっぱ。むち打ちがエエ。町には、カネなくて風呂入れん奴がいるんやで。駅の裏の公園で生活しとるやつは、便所の水で体を洗ろとる。冬は大変や。それに比べてムショは飯にも困らんやんか」

「🙂でも、何で、そんなにムショに興味を持ったんや。行きたいんか？」

「💀アホなことを言うな！　偶々テレビで見たんや。あのな。この前、姪っ子の友達が夜道で襲われて、犯人は捕まってムショに入ったんやけど、早や先月、ムショから出て来たんやて。その上、結構、顔色がエエし元気やったから、また、悪いことをやりかねんみたいなんやて」

「🙂それは、きしょく悪いな」

「💀せやろ〜。ちょっと罰が甘いんとちゃうかちゅう話や」

「🙂この間のコンビニの強盗も、直ぐに出て来るんかな。ヒデよ。そろそろ隠居のとこへ行かへんか。暫く行ってないから寂しがってるやろ」

「💀珍しく、お前から言い出したな。でも、それはエエ考えや。せやけど、居てるかな」

「🙂もう、散歩から帰ってるやろ。行こ。行こ」

≪隠居邸：ヨシとヒデが来る≫

「🙂💀隠居さん。お邪魔しまんで」

「😺お〜。お二人お揃いで来んしゃったか」

「🐼あのでんな。刑務所の一番の目的は、やっぱり＜罰＞やろ」

「😺なんじゃ。急に。今日は刑務所の話か」

「🐼でも、ムショの生活は何か甘そうや。あれで＜罰＞になるんかいな？」

「😺そりゃまた、妙なことを言い出したな」

「🐧何か、ヒデはテレビで甘い所を見たんやて」

「🐼あれ見たら、厳しい罰やと思えんがな」

「😺刑務所の目的には罰もあるが、＜更生＞もあるじゃろが」

「🐧＜こうせい＞？」

「😺つまりじゃ、二度と犯罪を犯さぬ様に教育するんじゃ」

「🐧あ〜。更生な」

「🐼せやったら、鞭打ち何かの厳しい生活を送らしたらどうや。怖がって二度と悪させんやろ」

「😺この時代にむち打ちはなかろうて」

「🐼効果あると思うけどな」

「😺先ずは、世間から＜隔離＞して、その期間中に改心させ、生活力を付けたりせんと、また、罪を犯しよるじゃろ。じゃから、＜罰＞だけでなくて＜更生＞も必要なんじゃ」

「🐧それは分かるけど、出来るだけ長い間、ムショで面倒を見て貰えれば安心やけどな」

「😺つまり＜隔離＞を長くしろと言うことじゃな」

「🐼ムショで＜隔離＞するんやろけど、生活の面倒を見るの

が＜罰＞かいな。＜罰＞ちゅうならは鞭打ちでエエやんか」

「😶ま〜、被害者の気持ちからすると、＜罰＞が最優先かもしれんな」

「😀事件に関係ないもんにとっては、＜隔離＞して貰えれば安心や」

「😶でもな、所詮は＜更生＞せんと問題は解決せん。"犯罪者"の家族もそれを望むじゃろうて」

「😠"犯罪者"の家族よりも、"被害者"の家族を考えたれや。昔みたいにムチ打ちや島流しではあかんか」

「😶そう＜むち打ち。むち打ち＞と言うな。確かに、"痛み"は何回も悪さするのを減らせるかも知れんが、今の世の中では非人道的で認められん」

「😠そんでも、ムチ打ちなら、食いもんが欲しいから言うて、ムショに入りたがるやつは減るやろ」

「😶あ〜それか。ワシもそれは聞いとる。寒さが厳しい冬になると、裁判所や刑務所が忙しくなるらしい。変な話じゃ」

「😠せやろ。そんな理由で被害者になるのは勘弁、勘弁やんか」

「😀悪いことをせんでも、ムショに入れてやったら、要らん犯罪は減るで」

「😠アホなことを言うな」

「😶生活に困っとる人には、生活保護とか色んな施設があるんじゃぞ」

「😀そんなのに入るのは、色々と手続きが面倒やらしいで」

「🐼せやから、物を盗む方が簡単ちゅうのは迷惑や」

「🐼じゃがな、刑務所は辛いところの筈じゃ」

「🐼それが、昨日のテレビでは結構エエ見たいに映しとったんや」

「🐼世の中では、"人権"と言うものが強く言われとるからな、テレビ向けには、それを意識したんじゃろ」

「🐼ところで、刑務所で働く人の＜やりがい＞って何やろか？」

「🐼働く人？」

「🐼お～。刑務官とか言う人たちじゃな。良い質問じゃが、どんなもんじゃろか」

「🐼刑務官ちゅうのか」

「🐼その人らの＜やりがい＞は、犯罪者が二度と戻って来ないことかな。いや、一人ひとりを覚えてないやろな」

「🐼更生の担当官は、具体的な＜やりがい＞があるじゃろが、他のスタッフの＜やりがい＞は何じゃろかな」

「🐼厳しくするか、やさしくしたらエエんか？　難しい仕事やな」

　そこへ、暇を持て余したピエールが合流する。

≪隠居邸：ヨシとヒデが居て、ピエール合流≫

「🐼隠居さんの家の前を通ったら、皆さんの声が聞こえたんで、寄らしてもらいましたんや」

「😮お〜。ピエールか。相変わらず元気そうやの」

「😶今日は何の話でっか？」

「😺ピエール。良い時に来た。刑務所の話をしとるんじゃが、今日もネットちゅうやつで、ちょっと調べてくれるか」

「😶何をでっか？」

「😺＜再犯率＞じゃ。刑務所へ戻ってくるのは何％ぐらいかの」

「😶すぐ調べますわ。え〜と。トントコトンと。何々『**最近の２年以内の刑務所再入率は男１８％。女１３％程度**』ちゅうことみたいでっせ」

「😨思たより少ないな」

「😶そんで、国が一応は低減目標を掲げてるみたいやわ」

「😺ほな、刑務所のスタッフも、担当官庁も＜再犯率＞を気にするじゃろ。そうなると日頃の管理に一層＜やりがい＞が高まるじゃろうて」

「😶ほんでも＜再犯率＞ちゅうのは、あまり世間では知られてまへんな」

「😮それで、再犯を減らすことに、刑務官が出来ることは何やろか」

「😨優しくしたら、気軽に戻って来るかも知れんしな。やっぱ厳しくするんがエエんやで」

「😺それは短慮すぎるんじゃなかろうか」

「😨一番は、ムショを大嫌いになる様に＜罰＞を厳しく、脱

走せんよう＜隔離＞を厳しく、二度と来なくて済む様に＜更生
＞させるちゅうことや」

「😺ありゃ、また、ヒデが上手に纏めたな」

「🐧そして、"ムショ毎に"＜再犯率＞を張り出すんや」

「🐤仲間内では、その情報交換をしてはるんやろか」

「😺そこで一句『刑務所は　罰・隔離・更生　無事出所』じゃな」

「🐤ほんでも、犯罪の種類に依っても、再犯率が変わるんと
ちゃいまっか」

「😺それは言えるじゃろうな」

「🐤大体、なんで皆さんが刑務所に興味も持ってはるんでっ
か」

「🐧世のため。人のためや」

「🐤よう分かりまへんな」

「😺ヨシとヒデが興味を持っただけでも、たいしたもんじゃ
て」

引き続き≪隠居邸：ヨシ、ヒデ、ピエール≫

３）死刑と終身刑

「👹ところで、刑務所の番組で言っとったが、日本には"死刑"
の判決を受けてムショで過ごしている奴が、１００人以上いる
らしいで。死刑を待っとる気持ちは辛いやろ〜な。早やくして
やるのがエエのか、悪いのか」

「🐤難しおまんな」

「😺しかし、中には無罪を主張してる人もいるんじゃし、簡単に死刑をするのは難しいじゃろう。それに大臣さんが判を押さんと、死刑を実行出来んのじゃが、大臣も好きで判を押すわけないからの」

「👹ほんで、死刑待ちがだんだん溜まっていくのんかいな」

「👺それに、世界では死刑を認めん国が多くなっているんでっせ。人権でっせ」

「👹死刑廃止言うけど。ほな、極悪なやつを死刑にせずに、どうするんや？」

「👺終身刑でっせ」

「👹終身刑ちゅうやつは、一生刑務所の中と言うやつやろ」

「🧑へ〜。一生刑務所か」

「👹ちゅうことは、国が宿、食事、医療、全ての面倒を見ることやないか。世間では、最低のメシや医療もなしに苦しんでいる人が大勢いるのにか」

「🧑ムショのカネは国が出すんやろ。自己負担には出来んのかな？」

「👺死刑囚がカネを出しまっかいな」

「🧑親戚は？」

「👹ならエエけどな。結局、死刑待ちの１００人を俺らの税金で面倒見とるんや」

「🧑ま〜、俺はチョットしか税金を払っとらんから、偉そうなことは言えんけどな」

「🙂でもな〜。犯罪者に使う金があったら、被害者に廻して欲しいわ」

「😮そりゃそうや」

「🙂ところで、終身刑の人には＜更生＞は必要ないんでっしゃろか」

「😈被害者の気持ちも考えんとな。ムショでノンビリ暮らされてはアカン」

「😮やっぱ、ムチ打ちかいな」

「😈せや。ムチ打ちや！」

「🙂野蛮」

引き続き≪隠居邸：ヨシ、ヒデ、ピエール≫

４）執行猶予

「🙂ところで、聞きなすったか？　駅前のパチンコ屋の前で騒いで、店を壊した奴らの話」

「😈あ〜。先月やろ。えらい騒ぎでポリも来とったし、怪我人も出たらしいんやが、その後は知らん」

「🙂捕まった奴らは、警察沙汰は初めてやし、反省しとるから＜執行猶予＞が付いたらしいでっせ」

「😈ほなら、ムショ送りとちゃうんか」

「😮＜執行猶予＞ちゅうのは、罪はチャラかいな？」

「😈あれはな、その期間中を真面目に暮らしたら、刑を免除されるんやろ」

「🐷ほな、殆ど無罪みたいなもんやんか？」

「🐼じゃから、その間、おとなしくしてたらの話じゃ」

「💀でも、もう一回、問題起こしたら重く罰せられる筈や」

「🐼勿論、そうじゃ。一層厳しく罰せられるじゃろ」

「🐷＜執行猶予＞の間は、おとなしくするだけでエエんかな？
　毎日どっかに顔を出さなあかんのかな？」

「💀そんなこと、おれは良う知らんは、町歩いてても『執行
猶予中』と札をつけたやつを見たことないし」

「🐼それはワシも良く知らんな。でも、執行猶予期間が過ぎ
たら、全てが白紙になると聞いとるぞ」

「🐸ちょっと待てておくれやっしゃ、ワテがネットで調べたる
わ。うんうん……え〜と『**海外渡航以外は、日常生活に縛りは
ない**』と書いてありまっせ。でも、稀に保護観察が付くケース
もあるみたいでおまんな」

「💀保護観察は気色悪いけど、なんか甘いな〜」

「🐼最近は、やたらと初犯には執行猶予判決が多いと感じ取
るんじゃ。勿論、罰すれば良いと言う話じゃなかろうが」

「💀執行猶予が多いと、一回くらいはエエかと、犯罪が増え
るのが怖いな」

「🐸え〜と『**2016年では、約６０％が執行猶予付き**』と出て
まんな」

「🐷６０％もか。ムショが一杯やし、ムショでは色んな世話
が大変やかも知れんな。税金も使うし」

「😈でも、パチンコ屋で騒いでたやつらは、いつも騒いでる やろ、これに懲りて本当に反省し、悪さ止めりゃエエけどな」

「🐷ほんまや＜執行猶予＞や言うて、エエ気にならんことを 祈るわ」

「🐼お前たちも街をうろうろしてて、面倒なことに巻き込ま れん様に、気をつけなされよ」

「😈俺は仕事のない日は、家でゴロゴロしとるから、大丈夫や。 気をつけなあかんのはピエールや、いつも町をうろついとるみ たいやからな」

「🐵ワテは『君子危うきに近寄らず』でっせ。結構、これで も上手に生きて行けまんがな」

「🐷くんし？」

「😈ピエールは、そんな柄とちゃうわ」

引き続き≪隠居邸：ヨシ、ヒデ、ピエール≫

5）罰金

「🐼せやけど、執行猶予でも、罰には＜罰金＞ちゅうのもあ るからな。あいつらは＜罰金＞は払わなあかんやろ」

「🐵それは聞くの忘れちゃんちゃこですわ」

「🐷なんじゃ」

「🐵せやけど、物を壊したり人に怪我さしとるから、修理費 や治療代は払わなあかんのとちゃいまっしゃろか」

「🐼＜罰金＞と言えば、ワシは今の＜罰金＞の額は、時代と

そぐわん額と思とるんじゃ」

「😠＜罰金＞って金持ちにも貧乏人にも同じ額なんやろか」

「😊日本では、基本的に同じ金額みたいでんな。確かに、ごっつう安い気がしまんな」

「😠アメリカは、金持ちと貧乏人では違うんか？」

「😊犯罪を犯した者に、ダメージを与える額が基本みたいでっせ」

「😎刑事と民事で罰せられるみたいじゃが」

「😮😮？？？」

「😠とにかく、罰は厳しくするのがエエわ。犯罪を減らして貰いたいからな」

「😊そう言えば、北欧では、交通違反なんかの罰金は＜年収に応じた額＞と聞いてまっせ。そして、アメリカでは、金持ちには、ものごっつい額の＜罰金＞が出て、ほんまビックリの時がありまっせ。それに比べれば、日本の罰金は御笑い種！」

「😊隠居さんよ、ピエールに笑われとるがな。あ～しょうもな」

「😠＜罰金＞は、ムショの費用の足しにしたり、被害者を助けたりしてるんかな」

「😊そう言えば、フランスでは、交通違反の罰金を、色んな違反防止策の費用に廻して、違反が減ったらしいでっせ」

「😎先ずは、被害者支援を考えたいの～」

「😠せやせや。被害者を忘れ過ぎとるちゅうねん」

6）隔離期間

「それに、単なる盗みみたいな犯罪ならともかく、感情がらみの犯罪者が刑期を終えて出てきたら、被害者は心配じゃろうて」

「せやせや、裁判で被告にとって不利な証言をした人も、不安なんとちゃうか」

「じゃろう。そのへんもきちんとせんとな」

「ほんまでんな、目撃しても、関りになりたくなくて、証人とならない人が出てきまっせ」

「特に、ヤクザがらみの犯罪の場合は心配やな」

「テレビドラマ見たいやな。怖いことを言うなや」

「せやから、危険な犯罪者は全員終身刑にしたらどうや。やっぱ、昔の様な島流しがエエな。隔離した島で自由に生活して貰えば、俺らみたいな正直もんの色んな心配は減るわ」

「それは極端じゃが、時代にあった対策をきちんとすることが急がれるな」

「心配し過ぎかもな」

「なら、良いのじゃが。最近は悲惨な事件が増えた上に、精神鑑定で罪を問えないケースが増え取るぞ」

「せやせや。だいたいやな、人を平気で殺すちゅうのは、そもそも精神が普通やないんやで。それを無罪でムショやなしに、更生施設で生活の面倒見るのは納得でけんな。そこで一

句『**殺人も　多く殺せば　精神病　上手く演じて　無罪勝ち取り**』」

「😊ありゃ。ヒデは、ひどいことを言うやんか」

　引き続き≪隠居邸：ヨシ、ヒデ、ピエール≫
　7）社会復帰

「😊ところで、ピエールよ、西洋では、前科者の＜社会復帰＞への対応は出来とるんかの？」

「😀西洋？　すんまへん。良く知りましぇ～ん」

「😊再犯の防止のために＜更生＞に力を入れても、世間が前科者を受け入れんと＜再犯＞は防げんじゃろて」

「😊昔の日本では、前科者には印の入れ墨をさせたんやで」

「😊周りの人への警告を重視していたんじゃが。今は犯罪者の人権保護のために、前科が分らん様にしているんじゃ」

「😊痛し痒しやな」

「😊犯罪者の＜社会復帰＞は世間の理解が大事じゃが、世間もリスクを負いたくはないじゃろからな。余程の知恵を持って、国が支援せんといかんな」

「😊ほんまやで、その辺はどうなってるんかいな」

「😀どこの国も、多分、理想論が多くて、結局はほったらかしやとちゃいまっか」

「😊どう言うこっちゃ」

「😀いつの世にも難しい問題は、後回しになるんでっせ。し

かも、人権が絡むと簡単やないでっしゃろ。ほんま、難しおまんな」

「🙂ぐちゃぐちゃ言わずに。＜罰＞を厳しくして、悪いことが割りに合わん様にするべきや」

「🐧せや。せやせや」

「🙂せやから、昔の島流しやムチ打ちがエエんや」

「🐼ありゃ」

「🙂どっかに、世間から隔離した犯罪者だけの町を造ったらどうや。世間から隔離して、自分等で生活をさせるんや。本人らもその方が幸せちゅうもんやで」

「🐧それが、一番エエかもしれんな」

「🐼日本では、場所探しが大変じゃろ」

「🙂どっかに島があるやろ」

「🐼それに、人権ちゅうもんがうるさいからな」

「🐼問題は、それでんな。でも、非社会的な人を普通の町に戻すのも考えもんでんな」

引き続き≪隠居邸：ヨシ、ヒデ、ピエール≫

8）家名

「🐼あ〜。そうじゃ。家名の復活が犯罪を減らすには良いぞ」

「🐧かめい？」

「🙂お〜。ヨシもに苗字があるやろ」

「🐧ほりゃあるわいな」

84

「🐵俺の苗字は、名古屋の由緒ある名前なんやと、爺ちゃんが言っとったわ」

「🐵せやけど、近頃は、家名なんて古いことは言わんようになっとるで」

「🐵ま〜俺らみたいなグウタラもんには助かるけどな。昔は、グウタラしとると、親戚なんかが『家名を汚すな』ちゅうて、うるさかったらしいで」

「🐵そう言えば、家名や家柄を大事にするのは人間だけやな。猿なんかには家名もないし、家族の名誉何てありゃへんやろ」

「🐵そもそも、猿には名誉はないんとちゃうか」

「🐼いや、一匹一匹には名誉があるみたいじゃぞ。ボス猿がいたり、仲間の中で偉さの順位が決まっとるみたいじゃぞ」

「🐵ところで、隠居はん。その＜家名＞がどうしたんや？」

「🐼今は個人主義言うて、自分勝手に生きれるようになっとるじゃろ。親戚が『"家名"を汚すな！』なんて言う昔の世界に戻したら、ちょっとは悪いことする奴が減ると思うんじゃ」

「🐵隠居がそう言ってもな〜。世の中は戻らんで。今更な〜」

「🐵それは隠居の愚痴ちゃいまっか」

「🐼じゃが、変わったちゅうても、ほんの最近の話じゃぞ、日本には"家名"大事が戦前までは存在していたんじゃ」

「🐵戦前？」

「🐵ま〜１５０年程前やな」

「🐼勿論、それにはデメリットもあったが、メリットも沢山

たくさん有ったんじゃ」

「😈確かに、今でも悪いことをするのを思い止まる理由として、家族や親族への影響を頭に浮かべるやつがおるかも知れへんな」

「😃せやな、身内から犯罪者を出さないうように、親戚で困った人がいれば、助け合うのがホンマや」

「😺じゃから、その気持ちを利用することで、安全な社会の再構築を願うんじゃ」

「😸わてが思うのは、5人組の復活がエエでっせ」

「😺ほう。江戸時代の5人組か。良く知っとるな」

「🐧5人組?」

「😈5人毎に組ませて、悪い奴が出んようにするやつや」

「😃何かむずかしそうで、うっとおしく成るな」

「😺ここまで、犯罪が増えると、少しは不便は我慢して、安全優先が必要じゃろて」

「😈でも、俺は五人組は嫌やな。ちょっとは物騒でも今の方がエエ」

「😺ま〜、＜家名＞の復活で若者をしばるのは難しいかの」

「😸すべきは、五人組の復活でっせ」

引き続き≪隠居邸：ヨシ、ヒデ、ピエール≫

9）刷り込み

「😺ところが、最近は上手に生きれん人間が増えて来てると思わんか？　それに、仲間を傷つける人間も増えてきてるじゃ

ろ。こんなことは、野生の動物には無いんじゃろが」

「😀確かに、動物は仲間同士では、喧嘩しても殺しあったりはせんな」

「😊ないとは言えまへんが、滅多にありまへんな」

「🐼じゃから、人間も教育の前に、動物がやっとるように【刷り込み】をせなあかん」

「💀教育の前？」

「🐧何や、その【刷り込み】ちゅうのは？」

「🐼誰も見ていないからと思って、悪事をするやつが多いじゃろ。それを減らすには、知恵が付く前に、脳裏に"畏怖"を【刷り込む】ことじゃ(提案⑤)」

「🐧いふ？」

「🐼＜おそれおののく＞ことじゃ。社会生活には"喜怒哀楽"ちゅうもんがないといかん。それに加えて、この"畏怖"の【刷り込み】をせんと、犯罪は減りゃせん」

「💀ふんふん」

「🐼この"畏怖"の【刷り込み】をして、犯罪を減らすんじゃ」

「🐧天罰とは違うんか？」

「😊天罰って古おまんな」

「🐧せやけど、【刷り込み】ちゅうのが良く分からんのや」

「😊隠居はん。そない言っても、どうゆうふうに刷り込むでっか？」

「🐼わしは心理学者じゃないので、上手く言えんが、昔の日

本には自然の神への恐れがあったんじゃが、今は減った様じゃから、幼稚園での教育に期待したいのう。昔話や絵本での教えが大事じゃと思う」

「😈確かに、子供の頃は年寄りの昔話なんかで、悪いことをすると＜天罰＞があたると脅されたな」

「🐧そう言えば、お化け屋敷はめったに見んし、昔話は減ったな」

「😑今は、ゾンビちゅうのがありまんで、それにママさんが本を読んでまっしゃろ」

「🐧それと、テレビや幼稚園でしとるんとちゃうか」

「🐼確かに、テレビでの幼児向け番組も役に立つじゃろうて」

「😈秋田で盛んなナマハゲも、役立っとるんとちゃうか」

「🐼そのナマハゲが【刷り込み】じゃ」

「🐧悪さする子供を脅かすやつか」

「🐼じゃがな、家庭環境等が理由で、十分に刷り込まれてないやつがおるんじゃ。じゃから、ママがいなかったり、幼稚園に行けへん子には、国がしっかり【刷り込み】する必要がある」

「🐧ほんま、この頃は“鍵っ子“も多い様や。それに近所付合いも減っとる。山や川で過ごす時間も減っとるな」

「😈せや、灯りも増えて、怖い暗闇の経験も減っとるからな」

「🐧動物が大きな音や強い光に驚いて逃げるのも【刷り込み】かいな？」

「😈それは、本能とチャウかな？」

「😎長い間、刷り込みをすると、本能として身に付くじゃろ。今の人間にも原始時代の経験による【刷り込み】は残っておる」

「💀動物なんかも、びっくりして、ショック死する場合もあるようやで。なんか最近言われてる＜トラウマ＞に近いものや、ヨシも＜トラウマ＞は分かるやろ」

「😠嫌なことを言うな。おれは＜トラウマ＞はないが、狭い所は好きやないな。何か怖くなる。仕事柄、高い所は人より大丈夫なんやが」

「😎＜ＰＴＳＤ＞と言うものがあるな」

「😠何でっか、それは？」

「😎ま〜＜トラウマ＞のこっちゃ」

「💀そんなら＜トラウマ＞を上手く利用して、悪いことをさせんようにしたらどうや」

「😠あのな、大人になってからも変な話があるで。この間も、子供をお祓いで直そうとして、死なせた親がおったやないか。なんで親が医者に見せずに、妙なお祓いを許したんやろか。可哀そうな話や」

「💀その親は大人になってから、変な【刷り込み】をされたんやろ」

「😎刷り込みは物心つく前じゃ。大人になってからは＜洗脳＞と言うんじゃ」

「😟＜せんのう＞？」

「😏ま〜、隠居が言いはんのは、警察や法律の罰やのうて、『天

罰』ちゅうもんを、子供の時に【刷り込み】するのが大事ちゅうことでんな」

「😵天罰と言うより、恐怖心じゃな。そこで一句『**おさなじ(幼時)に　恐れ【刷り込み】　犯罪を　起こす心の　芽をつぶすべし**』、でどうじゃ」

「🙂日本ではパワースポットや縁起を信じてる人が多いんやから、エエ考えかも」

「👹パワースポットを信じる人は、そもそも悪人とちゃうがな。大事なのは、そんなものに無関心なやつらへの【刷り込み】やで」

「😵じゃから、【刷り込み】は生まれて直ぐにせにゃいかん。物心ついてからは、宗教なんかも頼りになるじゃろて。ところで、最近のバラエティー番組での芸人同士の虐めに近いのは止めてもらいたいものじゃな。子供に悪い影響を与える」

「🙂ありゃ、隠居はんも見てまのか」

「😵見とらんが、聞いたりしとるんじゃ」

「👹ふ〜ん」

◆ピエールの余談4・コルシカの墓地・写真6◆

「🎭ところで、これを皆さん見てくれやっしゃ。＜コルシカのお墓＞でんねん。町並みを再現した配置でお墓が置かれてます。なかなかのもんでっしゃろ」

「🐱🐼ふ〜ん。これがお墓か。立派やな」

「🐷死んでからも、町に住んでるようになっとるわけか。なかなか考えたものじゃな」

「👹今日はムショの話から始まって、最後は墓の話で終わりるんかいな。何かパットせんな」

「🐵ま〜俺らは元気で良かったちゅうことやんか」

「🐷しかし、これからは＜安全、健康、余暇＞が、一層大事なんじゃが。それには＜刷り込み＞＜厳罰＞。そして＜監視＞じゃな。それでも犯罪が減らんかったら、＜家名＞と＜5人組＞の復活で行くんじゃな」

「🐼古う〜〜〜」

「👹むち打ちを忘れんといて」

「🤖島流しもでっせ」

「👺それにな。犯罪者より被害者の人権やな」

「🤖👺🤖ほな。隠居さん。そろそろさよならしますわ」

「🐱ちょっと待て、ワシのもう一句を聞いてから帰らんシャイ。『刷り込みで　恐怖を教え　防犯を　それで駄目なら　厳罰刑務所』でどうじゃ」

「🤖👺🤖でわ、バイバイ」

　　隠居の家を出た3人。道すがら

「👺あんな。テレビでは、第一発見者を疑うやんか。あんなことやってたら、俺なんか死体を見てもポリスには知らせんな」

「🤖あれはテレビだけでっせ」

「👺そうかな～。やっぱり関わりにならん方が安全ちゃうかな」

「🐱そんな身勝手が多いと、犯罪は減らへんで」

「🤖ほんまでっせ、皆で協力せんとあきまへん」

「👺甘いんちゃうかな～」

結論

　　幼児への【刷り込み】が大事。それに【ムチ打ち】【家名】【防犯カメラ】【島流し】

第3章　国

その１：国って何や？

梅雨入りで小雨のうっとおしい日の午後

≪隠居邸：ヨシ、ヒデ、ピエールが尋ねる≫

１）縄張り

「隠居さんよ。ヨシの所におったんやけど、やっぱ、隠居さんがおらんと寂しおまっから、こっちへ来ましたで」

「おっ！　三人お揃いで来んしゃったか。天気が悪いのに良く来んしゃった。じゃが、何か物欲しそうな顔をしとるな」

「ありゃ。さすが、お見透おしや」

「ほなら、酒とツマミでも楽しんでもらおうかの」

「ありがとうさんです。やっぱり隠居はんは物分かりがエエわ」

「ところで、今日は何の話じゃろか」

「日本の島が取られそうやんか」

「お～。島のことか。いい加減に解決できんのかいのう」

「😠せやけど、ヨシやピエールが変なことを言うんや」

「😳隠居はん。なんか遠いところにあって。人が住んどらん小さな島らしいやんか。なんで、そんな小さな島を取り合うんや」

「🐼ヨシは甘いぞ。島の周りの海が大事なんじゃ。魚は獲れるし、ひょっとしたら、石油が取れるかもしれんじゃろ。いろなもんが絡んどるんじゃ」

「😠せやせや。やっぱ、隠居は分かっとる」

「🐧へ〜。でも、石油が取れても、地主が儲けるだけやんか。どっちにしろ、俺らは魚も石油も買わなあかん。安く売ってくれるなら、地主は誰でもエエんとちゃうか……」

「😠な！　隠居さんよ。ヨシはトロイことを言うやろ。こんなんは売国奴ちゅうんや」

「🐼また、古い言葉を引っ張りだしたのう」

「🙂あのでんな、ヨシはんにも一理ありまっせ」

「😠やっぱ、ピエールは日本人やないからな」

「🙂例えば、日本は材木をぎょうさん輸入してまんがな。山ばっかりやのに」

「😠それがどうしたんや」

「🙂日本での伐採よりも、外国産が安いからでっせ」

「😠別にエエやんか」

「🙂水産業もそうみたいで、魚の輸入が多いでっせ」

「🐼人件費なんかのコストを考えるとな〜。じゃが、外国の

業者やと売ってくれへんかも知れんじゃろ」

「🐼せやせや」

「🐼それに、取られた島に、外国の兵隊が住むようになると物騒じゃ。魚や石油どころではなくなるじゃろうて」

「🐵御隠居さん、脅かすなよ、地震、台風でも十分怖いのに、軍隊まで心配せなあかんのか。もう頼んまっせ」

「🐼それにな。ピエールよ。石油が取れて、ガソリン代や物価が安くなったら、日本に住む御前ら外人も得をするんやで」

「🐼安くなったらやんか」

「🐼しかも、石油が取れたらの話でっシャロ」

「🐼あんな。石油がどうこう言う前に＜縄張り＞や、それを荒らされるのが気に食わん」

「🐼＜縄張り＞言うても、ヒデさんの土地とチャイまっせ」

「🐵俺のもんでもないやんか」

「🐼＜日本＞のものやんか。ちゅうことは、俺ら日本人のものや」

「🐼人間は領土となると皆うるさくなるんじゃ。動物の本能じゃからな」

「🐼せや。領土は守らにゃあかん。先祖代々からの言い伝えや」

「🐵ヒデの所は、由緒がある家柄やからな。俺ん所は、先祖がどこから来たのか分らんから、余り遠い所にある島の＜縄張り＞と言われても……」

「🐼＜面子＞や。＜面子＞。動物の本能や。＜縄張り＞は守

「らにゃあかん」

「😠せやったら、島を取られん様に、必死に守って貰わな困るがな」

「😠せや。それでのうても日本は小さな国や。これ以上、小さくするなっちゅうねん」

「🙂あ〜そのことでっけど。日本人は"小さい日本、小さい日本"と言ってまっしゃろ。けど、日本は広い方なんでっせ」

「😠あほ！　日本は小さな島国で可愛そうなんやぞ」

「🙂それでも、イギリスやドイツより大きいんでっせ」

「😮エッ、ドイツより日本は大きいんか？」

「🙂ヨーロッパで、日本より大きいのは、フランス、スペイン、スウェーデンの3つだけでっせ」

「😮みっつ！」

「🙂ヨーロッパ以外でも、大きな国は、殆ど砂漠やジャングルだったりしまっからな」

「😮砂漠やジャングルを馬鹿にしたらあかん。石油があるかも知れん」

「😠せやな。やっぱ、何でも大きけりゃエエかも。得やで」

「😮おっ！　ヨシも、やっと分かったか」

◆ピエールの余談5・アメリカと中国の広さ◆

「🙂ほな、ちょっとおもろい話がありまんねん。皆はん、アメリカと中国では、どちらが大きいか知ってまっしゃろか？」

「😳似たようなもんじゃと思うが、アメリカの方が大きいじゃろう」

「😐確かに、そう言うことになってまっけど。中国に台湾を含め、アメリカから５大湖を除くと、中国の方が大きいちゅうのが、中国の言い分でおまんねん」

「😡ごだいご？」

「👹ごっつうでかい湖や」

「😳ほ〜、台湾か。それは興味深いな」

「😐政治が絡んで難しおまっけど、どっちの【国】も自分の方が大きいと言い張りまっからな」

「😳台湾が絡むと中国はうるさいじゃろからな」

「😠なんで政治が絡むんや」

「👹そんな変な《面子》の争い、俺はどうでもエエ」

「😳ほな、一句じゃ『**我が日本　聞いているより　大きいぞ**』」

「😡ありゃ。ま〜、お粗末な俳句でんな」

「😳じゃがな、人が住んどらん無人の土地は＜面子＞や＜縄張り＞根性を薄めて、英知での解決策を講じて貰いたいものじゃ」

「😐一言で言えば、＜主権＞争いでんな」

「😠主権？」

「😐＜主権＞ちゅうのは国の権利。つまり、領土ちゅうもんは＜支配者＞の縄張りでっからな」

「👹せや、せや。＜主権＞や。これは大事やで、縄張りや」

「⊕言うたら＜官僚の縄張り＞とも言えまんな」

「⊛何で、こんな時に＜官僚＞が出て来んねん」

「⊛じゃが＜縄張り＞は、最後は武力で争うことになりかねん、物騒な問題じゃ」

「⊛でも、人間はケモノやないんやで。知恵で何とかでけるやろ」

「⊕何とかちゅうても難しおまんな」

「⊛せやけど、直接おれらに関係ない島が原因で、戦争されたらたまらんで」

「⊛国境係争地に住んでる人や、離れざるを得なかった人たちにとっては、大問題じゃろ」

「⊕それは分かりまっせ。住んでる人まで追い払うのは、最悪の領土争いでんがな」

「⊛人が住んでのうても一緒やで。大事や」

「⊕殆どの戦争ちゅうのは、領土争いでっからな。それに巻き込まれた大衆が、一番の被害者でんがな」

「⊛せやんか。せやから【国】が守ってやらにゃあかん」

「⊕あのでんな。結構、＜支配者層＞が国民の目を逸らす時に、ナショナリズムを利用したりしまんのや。敵は本能寺でっせ」

「⊛ほんのうじ？？」

「⊛なるほど、ナショナリズムの悪用か。じゃが、国土の守りは大事じゃぞ」

「⊕小さな島の取り合いで、大勢の人の命を危険にするのは

あきまへん」

「😳そんな簡単な問題じゃなかろうて。ただ、領土争いちゅうものは、国民の個人個人には関係なくて、国の＜統括者の縄張り争い＞じゃが、国民の面子に関係してくる。それは動物の本能じゃから無視は出来んのじゃ」

「😊せやけど、それを乗り越えて、我が身の安全に重きを置いて、＜国の統治者の縄張り争い＞に巻き込まれぬ様にせなあきまへん」

「😠そんな簡単なものやないで」

「😊あのでんな、わてなんか世界中に親戚がおりまっから、領土争い何かどうでも良くなりまんねん」

「😳わしらには無理な話じゃて」

「😊戦争よりはエエでっしゃろ」

「😠売国奴や」

「😮俺はピエールの言うことが分かるわ。とにかく、偉いさんが上手にやってくれたらエエのにな」

「😳その偉いさんが＜縄張り争い＞をしとるんじゃ」

「😠面子（めんつ）でおまんがな」

引き続き≪隠居邸：ヨシ、ヒデ、ピエール≫

２）誇り（自慢）

「😊ところで、皆さん＜国、国＞て言いまっけど、皆さんの言う【国】って何でっか？」

「😊日本やんか」

「🙂その＜日本＞とは？」

「😀それは簡単や。日の丸を見て涙を流すんや。それが日本や。それに尽きるんとちゃうか」

「😺おっ。ヨシはエエこと言う」

「😀オリンピックなんかは、はっきりしてるで。メダルを取って日本の＜国旗＞が上がると盛り上がるやんか。日本人は体格が劣るのに技術力で勝ちよる。大したもんや」

「🙂中でも女性の活躍が凄うおまんな。日本のおなごは可愛い顔をして、おしとやかなのに、出るとこ出たら強いでんな」

「😺女ばかりやない。男も強いやん」

「🙂しかし、それは民族としての誇りで、【国】とは別でっせ」

「😺なんでや。日本では国と民族は一緒や。【国】は俺らやんか」
「🙂甘い」

「😺とにかく、勝てば万歳万歳や。野球でも相撲でも、贔屓（ひいき）が活躍すると嬉しいやろ。それと一緒や」

「😀やっぱ、少しでも自分に関係してたら、贔屓（ひいき）するのが当たり前やんか」

「🐼確かに、わしらは世界大会で日の丸が上がったり、世界で活躍する日本人が出ると、心から《誇り》を感じるのう」

「😺せや。＜仲間＞で活躍するもんが出ると《自慢》やんか。最近のノーベル賞ちゅうやつも自慢やで」

「😀せや。オナゴも日本がエエ。デカいのはかなわん」

「🐼ほんで、外人は肥えたのが多いな」

「🐸ワテも小柄が好きでっけど、それは好みの問題とちゃいまっか」

「🐰食いもんと一緒かも」

「🐼食いもんも、やっぱ日本食が一番やで」

「🐱それは、歳をとると特に感じるな」

「🐸若い日本人は違いまっせ。ハンバーグやスパゲティーちゃいまっか」

「🐰今はラーメンが増えたな。カレーもあるか。せやけど、これは日本食かいな？」

「🐱ま〜。江戸時代にはなかったじゃろな」

「🐸海外のものを日本風に取り入れたもんでっシャロ。日本人の得意なやつでおまんな」

「🐱ラーメンも寿司も、最近は世界に広がっていると聞いとるが、ピエールよ、それは本当かいのう？」

◆ピエールの余談６・海外の日本食・写真７，８◆

「🐸確かに、ラーメン屋も寿司屋も増えましたで、それから焼き鳥屋も増えてまんな。この写真を見てくんなまし」

「🐸これはパリの町でっせ」

「🐰パリやて。エエなピエールは」

「🐼へ〜。こりゃ自慢できるな」

「🐸自慢するのもエエことでっけど、そもそも、何を自慢し

てまんのでっか」

「🐵また、難しくしよる」

「👺＜日本＞を自慢すると言っても。国家、民族、文化、色々とありまんがな」

「🐵どれでも一緒で＜日本＞や」

「😺確かに、日本人にとって【国】とはシンプルじゃ。顔、言葉、文化、生活基盤、何もかもが日本じゃからな」

「👹メシは日本文化ちゅうことか」

「😺ま〜、世界を良く知っとるピエールの話を聞こうぞ」

「👺あのでんな。フランスに住む夫婦で、旦那はフランスの日系企業で働き、奥さんはスペイン人でフランス企業で働き、老後を暮らすための土地をポルトガルに用意し、カネはスイスの銀行口座で管理してる人もおるんでっせ」

「🐵そんなややこしいのがおるんかいな」

「👺顔も肌の色も色んなのがおりまっせ。せやから、フランス人にとってのフランスは、国籍や顔やのうて、《フランス文化を愛し、それを生活に取り入れてること》なんて言ったりしまんがな。このことは日本人には中々分かりにくいでっしゃろな」

「👹そんなん、分かるで《日本文化を愛し、それを生活に取り入れてる》のが＜日本＞や。それは一緒やで」

「👺でも、それが白人でもでっか？」

「🐵う？　それはちゃうで。それは＜日本が分かる外人＞や。

104

目玉の青いピエールは、いくら日本語を喋れても＜日本＞とは言えんわ」

「😲せやな。やっぱり《顔》は大事や」

「😌やっぱ、そうでっしゃろ。せやから、世界から遅れてまんねん」

「😎遅れとるかも知れんが、ピエールの西洋のごちゃごちゃの話とは違うんじゃ」

「😌ほんでも、日本も明治までは、藩があって、日本としての纏まりは明治以降でんがな。たった、１５０年でっせ」

「😎確かに、関ケ原の戦いで、やっと地域争いが収まったんじゃが、徳川時代には、まだ、地域の藩は残っていて、日常のことは＜藩単位＞で独立しとったな」

「😃地域の殿さんが決めとったんやな」

「😵藩主ちゅうやつや」

「😌せやから、日本として纏まったのは最近でっせ」

「😠西洋は、どうなんや」

「😌ま〜、１００〜３００年ぐらいでっかな。その上、人種がまざってまんがな。特に、アメリカは、そもそも、移民の国で多くの人種がおりまっせ」

「😲やっぱ、ごちゃごちゃやんか」

「😌だいたい、三代さかのぼれば、よその血が入ってまんがな。所詮は地続きでっさかい。領主同士の争いが多かったんですわ。それに、宗教も絡んでまっから、征服者が入れ替わり立ち代わ

りで、簡単ではあらへんわ」

「😠日本は島国やから、外国との争いは少ないな」

「😑エエ様な、悪い様な」

「😠エエやんか」

「😑勿論、羨ましい限りでっけど、その分、外国との接触は少なく、独特になってまんがな」

「😠接触なんていらんわ」

「😠独特がエエんや」

「😑要は、日本ちゅうても、纏まったのは最近ちゅうことを知って欲しいわ」

「😠そんで、エエやんか」

引き続き≪隠居邸：ヨシ、ヒデ、ピエール≫

3）国とは？

「😑ところで、さっきの島の話でっけどな。大概の国境は、国民とは関係なく、＜国家の縄張り＞の線引きの話でおまんがな」

「😶確かに、アフリカでは宗主国の都合での線引きで国境が決められたりしとる」

「😠そうしゅこく？」

「😠占領してた国のことや」

「😑つまり、＜国民＞とは離れて＜国家の主権＞の範囲の問題でっせ」

「😎地域に住んどる＜住民＞と【国家】を区別せにゃいかん
ちゅうことじゃな。ヨシやヒデが言っとる【国】ちゅうのは、
地域の＜住民＞の方じゃろ」

「🐵何のこっちゃ？」

「🐯そもそも、【国】を英語でカントリーって言いまっシャロ。
これは≪田舎≫も指しまんねや」

「😎確かに。ゴルフ場の名前にも使われとるやつじゃな」

「🐯そうそう。カントリークラブって言いまんがな」

「👹日本でも、おらが【国】ちゅうたら＜故郷＞のことや」

「🐯せやから、ヨシさんとヒデさんが言ってる【国】ちゅう
のは、【国家】と言うより、自分の＜地域社会＞、つまり＜住
民＞の方でっせ」

「🐵一緒ちゃうんか」

「😎ピエールが言いたいのは、民族や文化と違て、歴史や世
界で言われとる【国】ちゅうもんは、＜国家＞であって、それ
は征服者によって出来たちゅうことじゃ」

「👹それは大昔の話や」

「🐵今は民主国家やで」

「🐯じゃ。今の国は＜住民を支配＞するのか、＜住民の世話
＞をするか、どっちでっかな？」

「😎それは【国】によって違うじゃろ」

「🐯ほんなら、日本は？」

「👹間違いなく、日本は俺らを＜世話＞をする所やな」

「😠ちゃうちゃう。ヨシはやっぱり甘い。所詮は俺らを＜支配＞するところやで」

「😳ピエールは、どう見る？」

「😑ま〜見かけは＜世話＞やし、良くやってる様に見えまっけど」

「😊良くやってるで」

「😑あのでんな＜社会契約＞ちゅう考えがありまんねん」

「😠何じゃそれは？」

「😑＜支配者＞は民衆を幸せにする代わりに、【国】の運営は任されるっちゅう考えでっせ」

「😳なるほど」

「😠そりゃ、エエ考えやんか」

「😊ほんでも、日本には＜支配者＞なんかおらんで。＜議員＞は俺らが選ぶんやから」

「😑せやけんど、同じ人が長いこと議員を続けると、意識が＜支配者＞になりまんねん」

「😊へ〜」

「😑ほんで、同じ人が長く支配しているちゅう国が、世界にはぎょうさんありまんで。そしたら、取り巻きが出来まっしゃろ」

「😳それが＜支配者層＞と言われている人たちじゃな」

「😊日本はチヤウやろ。選挙ちゅうもんが上手く働いとると思うけどな」

「㋙そう見えまっけど、世襲議員が増えると、彼らが＜支配者意識＞を高めまんな」

「😊議員さんより長く務める官僚も気を付けにゃいかんじゃろな」

「㋙そうでんな、彼らも自分等で国を支えていると言う意識を持ってまんな」

「😊そりゃ、支えてくれにゃ困るで」

「㋙せやけんど、支えてる内に《統治者意識》ちゅう＜上から目線＞になりまっせ。気を許したらあきまへん」

「😊あ〜、難し」

「㋙表では、国民の世話をしている顔をしてまっけど、本音は特権階級の＜支配者意識＞が強い人がぎょうさんおりまんねや。先生と言われて喜んでまっからな」

「😊色んな規則や法律を作る権限を持っとるからのう。予算の配分の権限もある」

「㋙それに、選挙も気を付けなあきまへんで、選挙の時にはカネをばらまいて、選挙に勝ったら、それ以上のカネを稼ぐ人もおりまっからな」

「😊そうじゃな。残念じゃが、毎回選挙違反がある様じゃな」

「㋙ほんで、権力に付いている間に、私腹を肥やしまんねや」

「😊ありゃ〜。そらあかんがな」

「😊選挙の公約を守らんかったら、交代させるべきじゃから、しっかり投票せにゃいかん」

「🧓最近は、ポピュリズムちゅうやつで、大衆の御機嫌を上手に取って、私腹を肥やす支配者が増えてまんな」

「🙂ぽぴゅりずむ？」

「😠ほな、あっちこっちの国をウロウロしているピエールは、【国】をどう思とるんや？」

「😑そやそや」

「🧓しいて言えば、税金の支払先でっかな」

「😑へ〜、税金払ろとんかいな」

「🧓お二人も、あんまり国、国、言わんで、わてらは＜世界の民＞と考えたらエエんとちゃいまっか」

「😠ピエール。やっぱりお前は俺らとちゃうわ。俺らが＜世界の民＞言われてもな」

「🙂せや。何のこっちゃか分からん」

「😌確かにな、今までは日本人にとっては、【国】は簡単じゃったが、今日は日ごろ使っとる【国】が＜何を指す＞かを考えてみる良い機会じゃな」

「🙂でも。国は国なんやけどな〜」

「🧓国民主権の民主主義国家と言っても、日常の権力は、政治家、官僚、軍隊、等が持ってまんがな」

「🙂そうかもな」

「🧓＜支配者＞は皆さんの愛国心を、上手に利用してまっからな。オリンピックなんかは、国威発揚に最適でおまんがな。ナショナリズムの高揚は＜支配者＞には便利で、都合が悪なっ

たら、隣国との争いを作って緊張を高め、愛国心を高めて、国民の目を逸らすケースもありまっからな」

「🐣へ〜、ズルいやっちゃな」

「🐼じゃから、簡単に《誇りや自慢》を言う前に、何を自慢しとるかを理解するのが大事じゃ。わしらが言う民族、文化と【国】は、"別"じゃと言うことじゃ」

「🐧そうでっせ。単純に＜国旗＞で喜んでたらあきまへんで」

「🐥単純やて！　ほんでも、国は国や」

「🐼ほな、わしの締めの一句『**おろかなる　面子 , 縄張り　早く捨て　皆と仲良く　平和な世界**』でどうじゃ」

「🐧隠居はん、『**できるだけ　国の垣根は　取っ払い**』ちゅうのはどうでっか」

「🐼つまり、大衆は知恵を付けんと【国の支配層】に利用されかねんのじゃ」

「🐨国の支配層か」

「🐥もうエエ。疲れた。俺はピエールみたいに【国】をフラフラでけんし、する気もないわ。お蔭で今日は大分やせたわ」

「🐨そう言いまっけど、隠居が本当は一番【国】にしがみついてるんちゃいまっか」

「🐼そうかも知れんな。やっぱり難しい問題じゃ。ピエールみたいには割り切れん」

「🐧確かに、難しいかも」

「🐨話がおもろないので帰りたいんやが、雨が本降りになっ

て来たみたいやな」

「😎お〜、これはひどい振りになって来た様じゃ。諦めんシャイ。酒も切れた様じゃから、婆さんに酒の追加を頼のんでみるわ」

「😈😑それはあり難い！」

「😊ありゃ、肥えそう」

「😈ヨシは見るだけにしたらどうや」

「😊そんな無茶な。ちびりちびり、やりまっさ」

その2：その【国】は何を指す？

外は本降り≪隠居邸：ヨシ、ヒデ、ピエール≫

「🐼皆で、国のことを色々話したんじゃが。実はな、以前から気になっていたので、今日は良い機会じゃ」

「🐧何でっか？」

「🐼今から読み上げる記事で使われとる【国】が、何を指すかを具体的に確認して貰いたいんじゃ」

「🐵悪いけど、簡単に頼んまっせ」

「🐼簡単には、ちょっと難しいかもしれんな。おっ、酒が出て来たぞ」

「🐧🐵🐱美味しいお酒をありがとさん。ゆっくり聞かせて貰いまっせ」

1）国家賠償

「🐼さてと、今朝のテレビのニュースで、国が認めてる＜薬＞が悪さしたとかで、国家賠償が言われとったじゃろ」

「🐵国家が賠償ちゅうたら、国が払うんやろ」

「🐼じゃが、その賠償金の元は皆が払った税金じゃ」

「🐧ありゃ。俺らが給料から引かれとるカネを使うんか」

「🐵ほなら、簡単に【国】の責任と言ってカネを使って欲しくないな」

「でも、被害者は困ってんのやから、助けなあかんがな」

「そりゃせやけど、ちょんぼした時の担当者が払ったらエエやなんか」

「その人らは、カネは払わんでも《責任》を取らされるのやないか?」

「もう、とっくに、定年退職してるかも知れまへんで」

「それにあんまり《責任、責任》言うと、役人さんは、新しいことを何もせんようになるぞ」

「でもな〜、この間も賠償しとったやんか。あれもこれも【国】の責任でカネ使われてもな〜」

「ところで、この場合の【国】は、お前らが言っとる国と一緒か?」

「せやから、これは<政府>ちゅうやつやんか」

「政府も時々はチョンボしはるんや。その時には謝らなあかん」

「じゃから、この場合の【国】は、運営を任されている<政府や高級官僚>を指しとると言えるんじゃなかろうか」

「せやから、<日本政府>ちゅうてるやんか」

「何か良く分からんな。【国】は【国】やんか」

「せやけんど、この話は<国民>の責任やありまへんな」

「せやな。俺らの責任やあらへんな」

「でも、その政府は俺らが選んだんやで」

「この場合。隠居の質問への答えとしては、<日本政府>

を指してまんな」

「😊じゃから、＜日本政府＞が賠償と書くべきじゃろう。わしはマスコミの書き方を問題にしとるじゃ」

2）日中関係

「😊よし、次に行くぞ。これは新聞の記事じゃが『【日本と中国】は自分たちのやるべきことを理解する必要がある。それが正しく理解された時、あるべき《日中関係》の姿が、自然と出現しているであろう』。ここで言われとる《日中関係》とは何を指す？」

「😠また、難しいことを聞くやんか。おれには分らん」

「😨これは、＜政府＞と＜国民＞の両方を指しとるんやろ」

「😊国は国やけどな～」

「😌これは＜政府＞だけでなくて、国民感情も含まれておまんな」

「😨政府と国民や」

「😊ほんなら、俺らも関係しとるんか」

「😨せやけど、やっぱ、＜政府＞や」

「😊ほんでも、俺らが選んだ＜政府＞や言うてるやんか」

「😌政府と言っても、時の＜政府＞と長い歴史の＜支配層＞の区別が必要かも」

「😊また、支配層か」

「😌せや。時の政府の後ろには＜特権階級＞が控え取るんでっ

せ」

「😠何や。また、それか」

「😎せやから、隠居はん。今度の答えは＜政府と国民＞でっしゃろな」

「😺つまり、この場合はマスコミは【日本と中国の政府と国民】と明記すべきじゃろ」

3）領有権

「😺ちょっと難しいが、これはどうじゃ。『エーゲ海の島々の領有権をめぐる【ギリシャとトルコ】の争いは、巨大な海底ガス田が発見されてから一層激しくなった』」

「😠今度は遠い国の話やな。これは俺らには関係ないわ」

「😈島の取り合いちゅうのは、最初に話したことと同じやんか」

「😎縄張り争いとガス田の利権争いは、政府以上に時の権力者に関係しまっせ。自分の利権に繋がりまっからな」

「😈せやけど、縄張りは国民にも関係するやんか」

「😎そらそうでっけど、前も言った様に、国民の直接の損得は無しでっせ。それに、揉めて戦争になると損するのは国民でっせ。命や財産がパーでんがな」

「😈自分の国でのうて、よその国の話やとピエールの言うことも分かる気がすんな」

「😠どっちにしろ、俺には関係ないわ」

「🙂せやから、この場合は国の＜支配者＞を指すちゅうこと
でっかいな」

「😦また、領土で国民と政府を分けようとするんかいな。そ
れはあかんで」

「👹面子かいな」

「🙂この場合は、【ギリシャ政府とトルコ政府】と書くべきでっ
かな。ま〜、両国の＜特権階級＞の争いかも……」

「😦あ〜しんど」

4）通貨 "元"

「😎ほな、こっちの記事はどうじゃ。おい。ヨシも欠伸をせ
んと、聞いとくれや。読むぞ『【中国】は、世界での影響力を
強める１００年戦略の一環として、通貨＜元＞の国際的流通を
増やしている』と言うのはどうじゃ。この【中国】とは？」

「🙂＜元＞ちゅうのは中国のカネのことでんな」

「👹これは＜中国政府＞やな。国民やないわ」

「😦せやせや、国民は関係ないで」

「😎やっぱり、お二人でも、そう思いなさるか。ピエールは
どうじゃ？」

「🙂この場合は、明確に時の政府の＜中国共産党＞でんな」

「😎偉い！　それを分からずに過ごしとるやつが多すぎる」

「😦でも、それがどうしたんや」

「😎いやいや、漠然と【国】と書かれてると、誤解を生むと

言いたいんじゃ。責任をはっきりさせにゃいかん」

「😊まだ、分からんわ」

「😡俺は少しは分かりかけてきたわ」

「🥴せやから、今度の答えは＜中国共産党＞でんな」

「🐼そう、【中国共産党】とすべきじゃろうて。こんなのもあるぞ『ただ、中国が影響力の強引な拡大姿勢を続ければ、関係国はいずれ、より積極的に米国を支持するようになるであろう』。この場合の中国も＜中国共産党＞と明記すべきじゃろう」

「🥴ほんで、米国の方は＜米国政府＞ちゅうことになりまっかな」

5）戦争

「🐼今度のは重要じゃぞ、前の戦争は日本がしたことになっとるが、この＜日本＞とは何じゃ」

「😊またまた、どう言うことでっか？」

「😡ヨシは、今まで何を聞いとったんや」

「😊聞いとったけど、さっぱり分からん」

「🥴前の戦争ちゅうのは、第二次世界大戦のことでんな」

「🐼ドイツなどは、当時のファシズム党（ヒトラー）が戦争を始めたとして、上手に収めとるんじゃが」

「😊難しいな」

「🐼あの頃の日本は軍隊が牛耳っとたんじゃから、ありゃ＜日本軍＞がしたんで、日本国民も被害者じゃと言えるじゃろ」

「🧓それはずるいで。日本軍は＜日本＞やで」

「🧔隠居はん。それは責任転嫁や」

「😵じゃがな、あの頃は、情報も軍隊に都合が良い様に操作され、国民は騙されとったんじゃ」

「🧓それでか、【国】を挙げて盛り上がってたみたいやんか」

「😀せや、あの時は、皆が【お国】のために頑張ってたんやろ」

「😵たしかに、＜行け行けドンドン＞じゃったのは間違いない。じゃが、戦争に反対したりすると、刑務所行きじゃったそうじゃぞ」

「😀俺んとこの爺さんも＜行け行けドンドン＞の方や。婆さんは反対やったみたいやけど」

「🧓負けてから＜反対やった＞ちゅうやつもおるんやで」

「😵なにせ、その頃は、日本は＜神の国＞で、日本以外は野蛮な国と言っとったみたいじゃ」

「🧔ほんで、日本は戦争に負けて＜政府＞や＜軍隊＞のウソがばれて、民主主義国家になったんとちゃいまっか」

「🧓ありゃ。ピエールは変なことを言い出したな」

「🧔世界でも、軍隊は独り歩きして、政府をも抑え込む時がありまんな」

「😵軍事政権ちゅうやつじゃな」

「🧔今でも、軍事政権は結構ありまんで、軍隊は＜国民＞を守るより＜支配層＞を守りまんのや」

「😀あ〜怖わ」

「😈あの頃は、民は踊らされていたんか」

「😀民やて。よう言うわ」

「😈俺らの先祖が踊らされてたんやったら、国民に責任はないわな」

「😁それは、ごっつうずるいでっせ」

「😀😈かもな」

「😁隠居はんが言いたい答えは＜軍事政権＞ちゅうことでっか。やっぱ、ずるいでんな」

「😶日本と言わずに、【日本軍】がしたとは言えんかのう」

「😁ズルい。ズルい。靖国も絡みまんで」

「😀やすくに？　何や、それは」

6）ビジネス（経済）

「😶ほな。この記事はどうじゃ。『日本で"ＡＩ"の人材が不足している。【国】の競争力が上がるためには、世界で戦えるトップ人材が必要』。この場合の【国】とは？」

「😁ＡＩちゅうのは人工頭脳でっせ」

「😈言われんでも知っとるわ」

「😀ふ〜ん？？？」

「😶国の競争力が上がると言うとるじゃろが、この【国】には、ヨシやヒデは関係あるんか？」

「😈今から、俺らにＡＩちゅうても無理やけど、若いもんには頑張って貰ったら、仕事も増えるちゅうことを言っとるんや

ろ」

「😊せや。仕事が増えれば国が栄えるやんか」

「😐この場合は＜ビジネス界＞のことでんな」

「😠そんな＜界＞は、俺らには関係ないで」

「😊せやけど、俺らが住んどる所や」

「😺そう言えば、こんなのもあるぞ。《海外投資家と＜日本＞を巡る議論を交わす際、しばしば日本は "周回遅れの先頭" といった表現が登場する》。ここに書かれとる＜日本＞とは何を指すじゃろか」

「😐やっぱ、日本の＜経済＞のことでっシャロな。投資環境を指しまっから、経済力でっせ」

「😊せやけど、一周遅れて何や」

「😠せや、失礼やで」

「😐日本は議論ばかりして、実践が進んではおりまへんからな。頭でっかちなんや」

「😊あっ！　俺んとこも、そんな感じやで」

「😺要は、投資家には魅力少ないと言う意味じゃろか」

「😠外人に投資してもらわんでもエエやんか」

「😐また、度量の小さいことを言いまんな。やっぱ。周回遅れでっせ」

「😠外人のカネは要らん」

「😊せやせや。要らん」

「😠日本の会社が頑張ればエエんや」

「🙂でっから、これは【日本経済】と書くべきでんな」

7）技術（人材）

「😎これは、どうじゃ『今や、世界の自動車市場の主役は電気自動車だ。日本も量産型の電気自動車への取り組みを本格化している』。この日本とは？」

「🙂これは国と言うよりも、日本メーカーとちゃいまっか」

「🐧せやせや」

「😠言ってみれば、これは技術のことやな」

「🙂そうでんな。《技術界》のことでんな」

「🐧技術界？」

「🙂大学やメーカーなんかと言えまんな」

「😠せやけど、俺らとは、ちょっと関係ない世界やな」

「🙂でも、景気なんかに関係してきまっせ」

「🐧それやと、ほっとけんな」

「😎じゃと、ここで言われとる日本とは何じゃ」

「🙂単純に【日本技術界】でっしゃろな」

「😠それは、俺らは関係ないな」

「🐧寂しいけど、関係ないな」

結論

「😶じゃから、単純に【国】と言っても、＜国民＞を指したり、
＜国軍＞だったり、＜政府＞だったり、民間でも＜経済界＞＜
技術界＞＜スポーツ界＞＜芸能界＞もろもろとあるじゃろが。
それによって、自分にどれぐらい関係しとるかを理解せにゃい
かん」

「😀つまり、【国】は叔父さんらの＜故郷＞だけでありまへん
で」

「😶じゃから、メディアも、単に＜日本＞とくくらずに、よ
り具体的に、政府。国民。民族。企業、文化等の区別して書く
べきじゃ。特に、独裁国家では、【国】の名前でなくて、独裁
者の名前で書くべきじゃ (提案⑥)。『国名が　何を指すかを
見極めよ』。そうすれば、指摘する問題点がはっきりするじゃ
ろて。最後に、これじゃ。『情報の共用組織として存在するファ
イブ・アイズに日本が加わるなら、米英豪などが人権問題で中
国やロシアに強硬な措置に出たとき、協調する備えが必要にな
るだろう』。この場合は、米英豪 " 政府 " などが人権問題で中
国 " 政府 " やロシア " 政府 " にと書いて欲しいものじゃ」

「😵ファイブ・アイズ？」

「😀隠居はん。ファイブ・アイズを持ち出しまっか。せやけど、
メディアは意識して、ボカしてるんとちゃいまっか。メディア

の客は＜日本語＞理解者でっしゃろ。せやから、全体的に【日本】と包んで強調する方が売れまんねやろ」

「😎じゃから、わしらが、しっかり区別して理解せにゃいかん。特に＜国民＞と＜統治者＞の区別が大事じゃ」

「😷【疑え】ちゅうことやな」

「🐵やっぱ、分からん。俺には皆一緒や」

「🐻確かに＜政府＞と＜国民＞ぐらいの区別は必要かもな」

「😐そう＜主権＞と＜私権＞の区別でっせ」

「😎でないと、国際紛争に無関係な＜国民＞が巻き込まれるのじゃ」

「😐支配層は権力基盤の確保手段として、国民の愛国心での＜面子＞を利用したりしまっからな」

◆ピエールの余談７・コルシカ島・写真９、10◆

「😐すんまへん。ちょっと、筆休めに、この写真を見てくんなまし」

「🐻ふでやすめ？」

「😷何じゃ、木の写真やんか？　これは？」

「😐これはコルクの木でっせ」

「😷コルクて、あのコルクか？」

「🐻あのコルクって？」

「😷ワインの瓶の栓に使われてるやつやな」

「🐻さすが、ヒデやな。金持ちのボンボンや」

９・コルシカのコルクの木

１０・幹の皮から採集する。

「😳日本にはコルクの木はないじゃろ」

「🙂これはフランスのコルシカ島にありまんね」

「😨コルシカ島？」

「😳何か、ナポレオンが生まれた所じゃないか」

「🙂さすが、御隠居。ご存じですか。今はフランス領でっけど、昔はイタリア領だったんでっせ。今も独立運動がありまっけどな」

「😣ややこしい話や」

「😨ところで、まだ、雨が止まんな」

「😣どうせ暇やし、隠居はん、もうちょっとおらせて貰いまっせ」

💬 **結論**

　一句『書かれてる　その"日本"とは　何を指す　関係なき　を　巻き込まないで』

その３：今や、世の中ボーダーレス

　本降りで帰るタイミングを逃がし、追加の酒も無くなって来たが、皆の話は進んでいる《隠居邸：ヨシ、ヒデ、ピエール》
「😠ところで、気になることがあるんや。近くに引っ越してきた家族なんやけど、嫁さんが外人で、子供も外人の顔をしとるけど《国籍》は日本やて。こんなの分かりにくいな」
「😑はは〜ん。それは民族のボーダーレスでっせ」
「😰そんなのも、ボーダーレスちゅうんか？」
「😠日本語は上手いらしいし、むっちゃ可愛いから、皆と仲良くしとるんや。合いの子ちゅうやつやな」
「😰ハーフやな」
「😑最近は、ダブルとかハイブリッドと言いまっせ」
「😠😰へ〜。聞いたことないけどな」
「😀最近は、妙な言葉が流行って付いていけん」
「😑ほんで、今の日本の結婚の４％ぐらいが、国際結婚らしいでっせ」
「😠へ〜そんなにか」
「😑せやさかい、生まれてくる子の４％ぐらいが、ダブルちゅうことになりまんがな」
「😰ちゅうことは、クラスに１人ぐらいはおるんかいな」
「😑否、国際結婚して、海外に住む人もありまっからな」

「😺じゃが、そんなに多いとは驚きじゃ」

「🐭そんなんやのに、領土争いでっか」

「🐼それとこれとは別や」

「🐭せやけんど、日本でもダブルが増え、芸能界、スポーツ界、色んな所で活躍し始めて≪国の垣根≫を超え始めてまんがな」

「🐥ほんまや、国際結婚が増えると、ややこしなるやんか」

「🐼それに、仏教以外も増えとるんやないか」

「🐭世間ではボーダーレスが進んでまっからな、今度は国に関して、ワテが言わせて貰いまっせ」

「🐥ありゃ」

「🐼簡単に頼むで」

「🐥お願いや」

「😺ありゃ、酒は無くなった様じゃが、酒は、この辺にして、ちょっと一服で茶にしようぞ」

「🐼茶でっか？」

「🐥せや、一服や」

「🐭なんや、わての話の時はお茶でっか」

「😺その方が、しっかり聞けるじゃろうて」

「🐭なるほど」

「😺それに、もう飲み過ぎとる」

1）スポーツ

「🐭最近のスポーツは、色んな人種が混ざってまっしゃろ。

128

ピンポン何かは、色んな国の代表がアジアの顔をしてまんがな」

「何か、外国のマラソン代表選手に、日本人がなったて聞いたな。ほんで、日本の陸上でも成績エエのにはハーフが増えたな。やつらは体格がエエ」

「やつらて、失礼やで。せやけど、相撲かて色んな国の力士がおるやんか。国技ちゅうのにな」

「でっしゃろ。こうなると、大会で日の丸が上がったり、国歌が演奏されても変な感じちゃいまっか。サッカーやラグビーなんかの選手は、国がごちゃ混ぜでっせ」

「ごちゃまぜは言い過ぎやで。プロ野球なんかは制限しとるみたいやんか」

「それに、一流選手には、外国で練習してるのが増えてまっからな」

「そうらしいのう。外国で練習した方が、上手になるスポーツもある様じゃ」

「オリンピックで日の丸を上げてくれるんやったら、練習ぐらい、どこでやってもエエやんか」

「せやけど、五輪憲章では、オリンピックは国でなくて、《個人の競技》となってるんでっせ」

「けんしょう？」

「ちょっと待っとくれやっしゃ。確かめまっさ」

「わ〜。また、調べよる」

「これ見なはれ。第3章に《オリンピック・ムーブメントは、

オリンピズムの価値に鼓舞された個人と団体による》とありまんのや」

「🐧何や？　ムーブメントて」

「🐷どこにも、国の代表とは書いてありゃせん」

「🐵へ〜それはホンマかいな？　ほんなら、何で国旗を揚げるんや」

「🐷利用されてるんでっせ」

「🐧誰に？」

「🐷国家にでんがな。ナショナリズムの利用でっせ。危険や」

「🐼ナショナリズムは＜諸刃＞じゃ」

「🐧もろは？」

「🐵＜諸刃 (もろは) の剣 (つるぎ) ＞ちゅうて、良くも悪くもあるちゅうこっちゃ」

「🐧へ〜。物知り」

　２）ノーベル賞

「🐷それから、ノーベル賞でっけど、《国籍》も研究場所もアメリカなのに、生まれが日本で＜名前＞が日本風ちゅうだけで、日本人は大喜びちゅうのはズルおまっせ」

「🐼なるほど。そもそも個人が貰うノーベル賞で、【国】の名前を出すのは間違いかも知れんぞ」

「🐷さすが、隠居さんや。分かりが大人でっせ」

「🐧ちゃうちゃう。ノーベル賞は《民族》の誇りや！」

「㋝民族と国は別やと言ってまんがな」

「😠せやから、少しでも日本に関係あればエエんや。そんなことぐらい許せよ」

「㋝でも、やっぱ。研究予算を出しとる所を評価せにゃ」

「😡評価！　好かんな。とにかく、難しいことを言うな。評価と《自慢》は別や」

「㋝せやけど、研究しとる組織に発明の権利が残り、場合によっては、他国の企業と組むこともありまんで」

「😸そう言えば、海外の大学へ行く若者も増えてるようじゃな」

「😡くそ馬鹿のやからや！」

「㋝いずれにしろ、最近の研究は、国の枠を超えて、違う国の他メーカーと手を組んだり、個人や研究所、そして大学単位で進んでまんがな。【国】単位なんて時代遅れ」

「😠俺の周りには、そんなのはおらんけどな」

「㋝大体、日本人学者が賞を取ったからと言って、他の日本人には関係ありまへんで」

「😸じゃが、今だに特許の数なんかは、国単位で比べとるの〜」

「㋝それは、メディアの受け狙いでっせ。いくら国単位で比べても、特許の権利は企業や個人単位でおまんがな」

「😸これも、これもナショナリズムで利用されとるんかの」

「㋝学問や技術は、とっくにボーダーレス」

「😠あ〜あ。また、ボーダーレスかいな」

３）経済

「😊あのでんな。昔はアメリカ人は金持で、アフリカ人は貧乏だったでっしゃろ。それが、今はアフリカやアジアに金持ちがおるし、アメリカにも貧乏人がおりまっしゃろ。これはビジネスが、もうとっくに、ボーダーレスになったからでんがな」

「😊確かに【国】と言う垣根が低くなって、上手にやる人は、どこにいても稼げる様じゃな」

「😊今やビジネスに【国】はありまへん。日本企業でも、海外売り上げの方が多い会社がたくさんありまっせ」

「😊いや。やっぱ、メイド・イン・ジャパンちゅうのが増えてもらうと嬉しいわ。俺らの仕事も増えるやんか」

「😊気持ちは分かるが、最近は人件費の安い【国】で作ったりしとるようじゃ。そう言えば、宇宙ロケットも【国】ではなしに、民間企業が行ってると聞いたぞ」

「😊😊へ〜」

「😊じゃから、企業での国家意識は、低下しとるじゃろうて」

「😊でも、俺んとこは小さいさかい、上から下まで皆が日本人や」

「😊そう言えば、俺んとこは、どっかの部署に外人がおると言っとったわ。経理やったかな？　でも、今も１００％日本の雰囲気やで」

「😊ヨーロッパでは、どこの【国】が分からへん企業が増えてまんで。工場はフランスやけど、本社はベルギー、登記はス

イスと言う企業もありまっからな、社長の<国籍>なんかは、誰も気にせん様になってまっせ。ほんで、優秀な人は、いろんな国のトップをしてまっからな」

「😶御蔭で、日本人の社長の下で働くのを嫌がる人も少なかろうて」

「🙂確かに、まだ、日本では外人の下で働くのを嫌がるのが多いもんな」

「😠俺なんか気にせんけどな。外人の会社の方が給料がエエらしいで」

「😀ヒデはいつもカネやな」

「😠カネやない、給料は働きに対する正当な報酬や」

「🙂ほ〜」

「😏そもそも、株主が色んな国の人だったりしてまんがな。企業は【国】よりも<株主>のために実績を上げる意識が求められるんでっせ」

「😶それが資本主義なんじゃ」

「🙂株主なんて言われても、分からん」

「😠外人を雇うちゅうけど、外人は信用でけへん。会社の技術が他の国に盗まれるやんか。【国】の安全を守りゃなあかん」

「😏せやかて、日本人同士でも技術の盗み合いがあるんとちゃいまっか」

「🙂それは言える。俺んとこの社長は気にしとるわ」

「😠へ〜。気の小さい社長やな」

「😊何か、せっかく考え付いた方法を、昔の部下に盗まれたみたいやねん」

「😑せやから、【国】とは関係なしにぶっそうな時代でっせ。そもそも、国の単位で経済発展を一番意識しとるのは、国の＜支配層＞でっせ」

「😊また、＜支配層＞かいな」

「😠自分等の支配を長続きさせたいでっからな」

「😊けったいな考え方や」

「😠ほんでも、俺らレベルは【国】に守られんと心配や」

「😊せやで。変な病気が蔓延したり、戦争なんかで守ってくれるのが【国】や」

「😑本当に守ってくれまっシャロか。【国】は戦争で国民を守るより、国民を戦争に駆り出すんでっせ」

「😠ほな、軍隊は何を守るんや」

「😎＜国体＞ちゅうやつじゃろ」

「😊国体？」

「😑国の＜体制＞っちゅうやつでんがな。理屈では、軍隊は＜国体＞を守り、＜国体＞は国民を守るちゅうことでんな」

「😊ならエエやんか」

「😑せやけど、＜国体＞によっては、民でなくて＜支配層＞を守る場合が多いんでっせ」

「😊また、むずかししよる」

「😎ところで、海外支店を多く持っとる国際企業の従業員は

【国】とは別に、勤務先として【国】を超えた＜仲間意識＞も芽生えとるんじゃなかろうか」

「☺ワテなんかは、勤め先を通じた【国】を超えた人脈が、戦争を減らすことに繋がると期待しまんのや」

「☻そもそも、勤務先には軍隊と言うものが存在せんからの」

「☺確かに。しかも、昨今では、中国の大企業の株をアメリカ人が持っていたり、そのアメリカの国債を中国人が持ってるみたいでっせ」

「☻へ〜」

「☻こくさい？」

「☺それに、最近は企業の労働組合も、海外をまたぐ組織になってまっから、これなんかも、戦争抑止力に成りまっせ」

「☻ほ〜。労働組合か。生活が懸かって来ると結束するじゃろな」

「☻甘いんとちゃうかな」

「☻あ〜ややっこしい」

「☺お二人さん。経済界も、とっくにボーダーレスでっせ」

４）居住地

「☺それから、ヨーロッパでは、色んな国に家を持っとる人がおりまっせ」

「☻そう言や。日本人でも歳を取ってから、物が安くて天気の良い国に引越する人もおる様じゃな」

「😊😡嫌な話」

「🗾そもそも、金持ちは、幾つかの国に別荘を持つのが普通でっからな。つまり、今は、住む【国】も選べる時代でっせ。もっともっと、移動を自由にすれば、領土争いが減りまんがな」

「😠そんな簡単なものやないで」

「😡ピエールみたいに、都合のエエ国に移るやつは売国奴や」

「🗾今や、国の＜統括者＞は、国民が他の国に逃げることがあるちゅうのも、考えにゃダメな時代でんな」

「😠そんなこと言っても、逃げれるかいな」

「😡ほんまや。無茶言うわ。ま〜、国を出るなんて、俺らには関係ない」

「🗾民族は自分では選べまへんが、文化や宗教は自分で選べまっせ。ましてや、住む【国】は好みと損得で選べる時代が来てまんのや。日本が問題にしてる人口減も。世界の民が日本を選ぶ環境を作れば解決しまんがな。それが自然でっせ」

「😶ピエールが言うのは、移民の受け入れの話じゃろ。でも、移民となると日本人が理解するのに時間が掛かるぞ」

「😡せや。変なのが入って来たら困るがな」

「🗾でも、実際の現場では、外人労働者の活用が進んでまっせ」

「😡😠確かに、俺らの周りでも増えたな」

「😶しかし、制限もしとるじゃろ。ピエールが言う程には、移動は簡単じゃなかろうて」

「🗾ほんでも、そうやって、【国】の垣根をなくし、自由に行

き来できるようにするのが、争いをなくす秘訣ちゃいまっか。それしか無し！」

「😶とは言え、一般大衆には簡単ではないじゃろうし、移民先で差別されたりするじゃろが」

「😀せや。人種差別ちゅうやつが有るんや。ピエールは、勝手なことを言っとるわ」

「😠俺には、日本しかあらへん」

「😏お二人さん！【国】！【国】！って言ってるのは＜官僚と貧乏人＞でっせ。金持ちや才能ある人は、国を跨いで生活してまんがな」

「😠俺らは貧乏人や。悪かったな」

5）デジタル社会

「😏その上、デジタル化ちゅうので、国の枠がなくなりつつありまんがな」

「😶デジタルか。その話は、わしにも難しいな」

「😏これからは、これでっせ。若者もデジタルで国際化してまっしゃろ。【国】がアナログで国境争いしてる間に、仮想通貨と同じで、ブロックチェーンを使って、＜所属国家＞が要らん様になりまんで」

「😠なんやね、難しい言葉をギョウサン出して」

「😏難しいちゅうたら、エニーウエア。サムウエアちゅうのを知ってまっか？」

「😊言葉の意味は分かるが、何が言いたいのかは分からんぞ」

「😠俺は全然分からん」

「😐これからの世界の説明でおまんねん。今や、仕事や買い物は、インターネットを使えば、どこに居ても出来るのが増えてまっシャロ。そんなんで生活してるのを、エニーウエア族ちゅうますねん」

「😊なるほど。＜どこに居ても＞ちゅうことじゃな」

「😐テレワークでんな」

「😠俺らは、仕事は決められた所でやらにゃあかんわ」

「😠買いもんは、スーパーか近所の店や」

「😐そんな人は、サムウエア族でんな」

「😠分からん」

「😠何か、隠居とピエールは、盛り上がってるようやけど」

「😠俺は、さっぱりや。酒が欲しいは」

「😊そう言えば、最近は【国】は税金をどうやって取るかで苦労しとるぞ」

「😐国境を超えるデジタル・データー課税ちゅうやつでんな」

「😊＜支配者＞には税金が一番重要じゃ」

「😠確かに税金は大事かも知れんが。ややこしい話やな」

「😊税金（義務）を納める先が【国】で、その見返りに保護やサービスを受けられると言えるじゃろて」

「😐でも、ボーダーレスの進みが早くて、税金の取り方が遅れてまんな」

「😎これからは、領土の争いよりも税金の取り合いが増えるかもな」

「😠ほんでも、領土は大事や」

「🙂それに、国は軍隊で領土を守る以前に、サイバー攻撃から＜国＞を守りゃないかん時代でっせ」

「😮サイバー攻撃やて」

「😠そう言えば、最近良く聞くようになったな」

「😠俺には関係ない」

6）愛国心

「😠せやけど、デジタルで国境がなくなる言うても、国対抗のサッカー何かではファンが大騒ぎやんか」

「😮せや。国がなくなったら、あれはどうなるんや」

「🙂色んな人種が混ざって来まっから、国ではなくて、チーム毎で盛り上げるんでっせ。あるいは地域毎でんな。とにかく、＜国体＞と区別しんなはれ」

「😮ま〜な。でも、何か変やな」

「😎＜国体＞とはな。同じ日本でも、平安時代、江戸時代、明治時代とあるじゃろ、これを＜国体＞と言うんじゃ。言えば、時の権力機構じゃな」

「🙂叔父さんらが愛しとるのは、支配された土地と民でんがな。応援するのは、こっちの方で、＜国体＞とは別でっせ。例えば、中国は中国でも、今の中国の＜国体＞は共産党ちゅうこ

とでんねん」

「😷なんせ、俺には話が難しいわ。お茶で我慢や」

「😊国体側のミスを国民に転嫁したりしよるからな」

「🙂ほんまでんな」

「😠やっぱ、分からん。俺には【国は国】や」

「💀あれ。天気が小降りになって来たで、また、雨が強くならん内に、そろそろ帰ろか」

「🙂なんでっか。やっと盛り上がって来たのに。もうちょっとしたら、止みまんで」

「😷俺は盛り上がってへんで。それに、雨が止むちゅう保証はないやんか。小ぶりの内に俺は帰るで」

「🙂ちょっと待っとくれやっしゃ。帰る前に、この写真を見てくれやっしゃ」

◆ピエールの余談8・スキポール空港・写真11◆

「😷何の写真や」

「🙂オランダ・スキポール空港の到着出迎え口の写真でっせ。ドアの開閉の度に可愛い二人がチューをしまんねや。粋なアイデアでっしゃろ。長い出迎え待ちの疲れも軽くなりまんで」

「💀へ〜。なかなか粋な考えやな。さすが外国や」

「🙂ま〜。この空港は物理的なボーダーでんな。せやから、ボーダーレスが無理なのは、国境に縛られた領土統括組織である政府と、受け手の言語で縛られるメディアでっしゃろな。政府は

最後まで縄張りであるボーダーを守ろうとするでっしゃろし、メディアもボーダーレス化は難しいでっしゃろ」

「😈メディアは情報でボーダーレス化されとると思っとるが、違うのか?」

「🤨全然でっせ。何やかやと言っても、各国のメディアの論調は自国贔屓が強いでっせ。国の色が付いたコメントが多すぎまっせ」

「💀国の色?」

「🤨特に、最近の日本のメディアは、読み手が日本人だけでっさかい」

「😎当たり前とチヤウか」

「😱外国の新聞は違うんか？」

「😑特に英語関係は国際的に利用されてまっからな。特に、日本の評論家ちゅうのがひどいわ」

「💀エエと思うんやけどな」

「😎ピエールは国を捨てとるからな」

「😑わてが言いたいのは、国がやらかす＜主権争い＞を減らすためには、メディアも他の業界と同じ様に、ボーダーレスなコメントを進めることでんねん(提案⑦)」

「😎ボーダーレスコメント？」

「😑どうも、メディアは読者を意識して、自国びいきのコメントでっしゃろ」

「😵国の色が付いていないコメントが必要ということじゃな。それでは『五人組　幾つも束ね　圧力を』ではどうじゃ」

「😱そんなんできる人か？」

「😵そもそも、純粋なる愛国心が戦争の原因となるのは残念じゃな」

「😎おっ！　雨が止んだみたいや。お日さんも、顔を出しとるわ」

「😑やっぱ。わてが言った通りでんがな」

「😱ピエールの写真も見たし、そろそろ、失礼するわ」

「😵お〜。もう、こんな時間か。それじゃ、気を付けて帰らんしゃい」

「😐😆🙃隠居はん、御馳走になりました。帰りますわ」

「😎気をつけて帰りんしゃい」

　3人は隠居邸を出る。そして、いつもの様に、ヨシがつぶやく。

「😐今日は、何か変な話でおもろなかったわ」

「🙃デジタル化、AI活用。テレワーク何かで、ボーダーレス化が進み【国】に縛られん、世の中が来てると言うことでんがな」

「😆国際結婚も増えてるしな」

「😠そんでも、良う分からんかったわ」

「😠ヨシよ。何もかも、ボーダーレスちゅうことらしいで」

「😠せやけど、人種差別ちゅうやつがあるやろ」

「🙃残念ながら、ありまんな」

「😐あんなんから守ってくれるのは、自分の国やんか。せやから、国は大事にせにゃあかん」

「🙃確かに、伯父さんらは、日本におったら大丈夫でっけど、アメリカでは国内で人種差別がありまっさかい複雑でっせ。前にも言いましたやろ、どんな国も人種毎で出来ているんとちゃいまっからな」

「😐分かった分かった。もうエエ。とにかく、争いは止めて欲しいな」

「🙃そのためにも、国がなくなればエエおまんのや」

「😆国がなくなっても、地域毎で争うんやないか」

「🙃先ずは、国をなくすことでっせ」

「😠はいはい」

「🤔ほんで、国別やなしに階級別の争いが目立ってきまっせ」
「😅やっぱ、争うんかいな。しょうもな」

デジタル化で、【国は消滅】

第4章　疑え

今日も小雨交じりの鬱陶しい日で、暇を持て余した休日の午後

≪ヒデのアパート：昼過ぎにヨシが来る≫

　1）【疑え】専門家！

「😮お〜ヒデ。お邪魔しまんで。もう、雨ばかりでかなわんな」

「😵ありゃ。ヨシか！　ほんま、雨もエエ加減にしてくれんかいな。お　また少し腹が凹んだみたいやんか。あの【重さ作戦】のお陰か」

「😊せや、今も重さに気を付けて食べとるし、食べたくなったらチュウインガム噛んどる」

「😵せやけど、ヨシが俺ん所に来るのは珍しいな。何かあったんか？」

「😮別に大したことやない。ちょっと暇なんや」

「😵ほな。ま〜座れ」

「😮あのな〜、昨日やけど、テレビで言うとったが、景気は良くなるらしいな」

「😵誰がそんな調子のエエこと言うとるんや？」

「😊政府の御えらさんや」

「😎相変わらずヨシは御人好しやな。偉いさんは、いつもそう言うんや。そう言っときゃ、世間が安心するやんか。『景気が悪くなる』なんて言ったら責任問題や。政府の御えらさんでなくても、色んな道の専門家も、世間やテルビ局の顔色見て喋るらしいで」

「😊なんで顔色見るんや」

「😎本当のことを言っとったら、テレビに出れんようになるんや」

「😊ヒデよ、何でそんな嫌らしいことを言うんや」

「😎お〜、裏の隠居が言っとったわ」

「😊あ〜、また、あの隠居か。せやけど、いつ隠居に会ったんや」

「😎散髪屋で一緒になったんや。その時や」

「😊あの隠居は素直に物事を見やへんからな〜」

「😎ほんでも、ためになることも言いよるやんか、ま〜俺らは、俺らで、学がなさ過ぎるけどな。隠居の話を半分に聞いとったら、丁度エエんとちゃうんかな。それに話を聞いとったら、酒とツマミを貰えるやんか」

「😊ほんでも、専門家の話が信じられんかったら、俺らは誰の話を信じたらエエんや？」

「😎あんな、専門家でも、隠居したら＜損得＞から離れて、本当のことを言うから信じられるやて」

「😊なんや、隠居が『隠居を信じろ』って言っとるんかいな」

「🐧あ〜、ヨシよ、そう言えば、昨日の朝に少し揺れたのに気がついたか？」

「🐼おう。朝方な。でも大したことはなかったで。ほんでも、地震は怖いな」

「🐧その地震やけど、本当に＜予知＞は出来ると思うか？それこそ、今まで専門家が、どこそこが危ないとか色々言とるやんか」

「🐼ほんまやな。せやけど、予想が当たったのを聞いたことがないな」

「🐧大勢の人が研究して、カネもかかっとるやろに。あんな、話の続きは隠居の所でしょうや。ヒデも暇なんやろ」

「🐼せやな、あそこの食いもんは軽いからな」

「🐧また、重さの話か。喉も乾いたし、行こ行こ」

「🐼専門家より、隠居の方が頼りになりそうや」

「🐧隠居は"隠居"しとるからな。頼りになる話を聞けるちゅうことや」

「🐼そうかも」

≪隠居邸：ヒデとヨシが来る≫

「🐵お〜お二人さん。雨が続いとるが、このところちょくちょく顔を見せるな。元気やけど暇と言うことじゃな。ところで、昨日の朝方の地震はどうじゃった？」

「🐼たいしたことあらへんかったけど、こう数が多いと気持

ち悪いな」

「🙂隠居さんよ。その地震やけど、いつかは予知は出来るんかいな？　いつも、何やかや聞かされるけど、当たったことがないんとチャウか？　研究にカネもかかってるやろに」

「😎カネのことは、お前らが心配せんでもええじゃろ。しかしな、そもそも、日本中が地震の危険地区なんじゃ。その中で、いつどこで起こると予測するのは難しいんじゃろて」

「😮日本中て、ぶっそうなことやな」

「😎この前じゃけど、どっかの大学の研究所が＜東京で３０年以内に、大型地震が起こる確率は７０％＞とか言ったようじゃが、そう言われてもな～。ワシに言わしたら《明日起こるか起こらんかは半々》じゃ。そう思ての対策がええんじゃないかの」

「😨あ～恐ろし。そんなことは忘れて、楽しく生きなしゃあないな」

「😎それに専門家の言うことには色々と事情があって、そのまま聞いとったらあかんぞ。知恵のある人が言うことは、知恵を持って聞かにゃいかん」

「😮あ～。そのことや、ヨシには良く分からんみたいやで」

「😎勿論、その道の専門家に意見を求めのは必要なんじゃが、聞き手のワシらが注意せないかんのは《現役で活躍している人のコメントは、十分な注意を持って聞かな行かん》のじゃ。と言うのは、現役の人には、色々と縛りや意図があるからなん

じゃ」

「😮何んでっか。その＜縛り＞とか、＜意図＞とか？」

「😎つまりじゃ。話す人が世話になっとる組織との関係が影響してくるんじゃ。お前らだって、勤め先や日ごろ世話になっとる人の悪いことをベラベラ喋らんじゃやろ」

「😮俺は都合が悪いことなんか知らへんわ」

「😎隠居は例えで言ってるんや。確かに、俺の親方は、難しい仕事でも、得意先には『簡単に出来る』みたいなことを言っとるな。正直に言っとったら、仕事を貰えんからしゃーないけどな」

「😎お前らが聴いとるテレビの解説者も、チャンネルを変えられんように、分かり切ったことも、何が起こるか分からない印象を与えるコメントを出すんじゃ」

「😮なんでや？」

「😎そりゃ、おもろなかったらチャンネルを変えるからやんか。大体チャンネルが多すぎる」

「😮でも、チャンネル変えても、どこも同じ様な話をしとるで」

「😎ま〜。俺は難しい話の番組よりも、可愛い子ちゃんが出とる番組がエエんやけどな。でも、スポーツ番組は見まっせ」

「😎そのスポーツの解説も、その業界で生活している以上は、嫌われたくないので、選手への厳しい言葉は避けとる」

「😮せやな。あまり悪う言うたら、村八分になるもんな」

「😎試合前にプロのスポーツ選手が調子を聞かれて『調子は

良いです』と答えているのも、スポンサーに配慮してじゃろて」

「🐼ありゃ」

「🐼それに加えて、人権や差別を軽視する発言も避けにゃ行かんのじゃ、都合が悪い内容だと、放送でカットされると聞いとる」

「🐼カット？」

「🐼放送されないと言うことや。でも、隠居さんよ、生放送ではカットは無理やろ」

「🐼次から呼ばれん様になるじゃろ」

「🐼色々とあるんやな」

「🐼新聞も売れて何ぼじゃからな。読者うけの記事が多くなるのは避けられん」

「🐼なるほど」

「🐼また、研究者は、その研究で生活をしている以上は、自分の『研究は進んでいて、早い内に成果が出る』ちゅう印象を与えるコメントをしがちじゃし、成果が出るのを信じてるからこそ、研究を続けられるんじゃろからな」

「🐼それは俺でも分かる。仕事先でもハイハイと言うと喜ばれる」

「🐼ちょっと違うんとちゃうか？　それに、お前のハイハイはバレとるぞ。ま〜言えば、このあいだ話した＜忖度＞と＜隠蔽＞があるちゅうことやな」

「🐼お〜。また＜忖度＞と＜隠蔽＞か、それは的確じゃ。ただ、

地震予知に関しては、方針が見直されているようじゃ」

「😊どう言うこと？」

「😸予知はともかく、被害を最小限にする対策の研究に重点を移したみたいじゃ」

「💀それ以外でも、怪しいのを教えてくれまへんか？」

「😸ほかの例えでは、そうじゃな、よく経営者が成功の秘訣を話したりしとるじゃろ」

「😊へ〜？」

「😸部下の育て方や会社経営の成功方法等は、手の内を明かすことになるので、本当のことは言わんじゃろて。一般受けする『適材適所、チャレンジ精神とやる気のある人の優遇』とか何とか言うじゃろ。そして『企業は社会のために貢献する』と言うのが"落ち"と思えんか？」

「😊"落ち"？」

「💀落語なんかで使われるやつや」

「😸実際の世間では、チャレンジしても成功しなかった人が幾倍もおるんじゃ。勝者の裏には、何倍もの敗者がおるのじゃぞ」

「💀おれんとこでも、チャレンジして失敗して、辞めさせられたやつがおるは」

「😸経営者の言葉に躍らされんようにせにゃいかん」

「💀せやせや。上手い奴は人にチャレンジさせて、上手く行ったら成功を横取りしよると聞いたで」

「😊ま〜そこまで行かんでも、チャレンジには、勝った者と負けた者がおる。両方の話を聞くのが賢明じゃな。とにかく、現役のコメントは、周りの縛りや生活が掛っとるのじゃから、注意が必要じゃ」

「😊最近は、匿名でのコメントちゅうのがありまんで、こっちは大丈夫でっかいな」

「😊匿名のコメントは本音を聞ける面はあるが、無責任な面もある。じゃから、必要なのは、情報に惑わされない自分の形成が大事じゃ。お前らも【疑え】！　これを忘れぬようにするんじゃぞ。特に【現役の話は疑え】じゃ」

「😊現役でない人の話は大丈夫なんか？」

「😊現役と比べて縛りが減るから、少しはエエと言うことやろ」

「😊さすがヒデは分かっとる様じゃな。ただ、仕事を辞めても、縛りが全くないとは言えんじゃろから、やっぱり注意は必要じゃ」

「😊ほなら、誰を信じたらエエんや」

「😊じゃから、困った時には、お前のことを本当に気にかけてる、親のアドバイスが一番良いぞ。公に言われていることは、ヒデの言う＜忖度＞がらみで要注意じゃ。＜本音＞と＜建前＞とがあるじゃろう」

「😊公けって？　つまり、テルビや新聞か？」

「😊そうじゃ。テレビ、ラジヲ、新聞等を通じて発表される

内容のことじゃ。これら報道機関から流される情報を、このわしが言う【疑え】を参考にして、良く判断して聞けと言うことじゃ。報道機関によっては、それとなく【疑え】を匂わす場合があるぞ」

「👹耳の穴かっぽじって聞けと言うことやな」

「🐼ちょっと違うし、相変わらず下品じゃな。そこで一句じゃ『テレビでは　誰も本音を　喋りゃせぬ』。もう、一つ『住む村に　気を使っての　コメントに　聞き手も注意　うのみにするな』」

「🐷住む村ちゅうのは？」

「🐼じゃから、コメントする人が属しとる社会や業界じゃ。スポーツの解説者は選手を悪くは言わん、ちゅうことじゃ」

≪引き続き隠居邸：ヒデとヨシにピエールが合流≫

　２）【疑え】公表数値！

「🐼ま〜。＜忖度（そんたく）＞を通り越して、この前、ピエールが言った＜存付（ぞんたく）＞が増えて来とる」

　そこに、にやにやしながらピエールが顔を出す。

「🐼おっ！　ピエールも来たか」

「😉隠居さんよ、聞きましたで。日本人の貯金の平均が１８００万円とか言っとたで。すごいやおまへんか」

「🐷何や、急にカネの話か。どこで聞いたんや。そんなん間違いや。俺らの周りでは、そんなカネ持ちはおらんで」

「😳一人当たりじゃのうて、一世帯当たりの筈じゃろ」

「😳俺等は一人で一世帯や」

「😳ただ、この平均値と言うものも曲者じゃな。平均が１８００万円と言うても、１８００万円の世帯が一番多いのとは違う。大金持ちの貯金の影響が大きいじゃろ」

「😳確かに、そうでんな、ちょっと待っておくんなまし」
　ピエールがパソコンをいじりだす。

「😳どう言うこと？」

「😳例えば、ある会社の平均年収が６００万円と発表あっても、決して６００万円の人が一番多いことではないんじゃ。年３億円の人が１人、３百万円の人が１００人でも、計算上の平均値は６００万円位になるじゃろ」

「😳よう分からん」

「😳別の例で言えば、車で最初の１００ｋｍ期間を時速２００ｋｍで走り、残りの１００ｋｍを時速５０ｋｍで走れば、平均速度は８０ｋｍとなるじゃろ。例え８０ｋｍで走ったことがなくてもじゃ」

「😳なるほど」

「😳これは平均身長や平均寿命なんかにも当てはまる」

「😳あ〜見っかりました。預金額の中央値として１０００万円とありまんで」

「😳中央値？」

「😳この辺りの人が多いちゅうことじゃ」

「😈それでも夢の金額やで」

「🙂隠居はん。加重平均値ちゅうのもありまんな」

「😠色々言われたら、ますます分からん」

「🐼じゃから＜公表値は疑え＞と言うんじゃ。ま〜いずれにしても、お前らより金持ちはたくさんおるんじゃが、お前らより貧乏人もたくさんおるじゃから、そう心配するな」

「😠心配はしてへんが、１０００万や１８００万って聞いたらかなわんで、ホンマ」

「🙂ま〜。日本では、年寄りさんが金を持ってはるんとちゃいまっか。それに借金の扱いはどうなってまんにゃろか」

「🐼発表する時に、その時々で都合が良いのを使いよるのが気に食わん。じゃから、注意せにゃ行かん」

「😈これも【疑え】ちゅうことやな」

「🐼そうじゃ、色んなものを上手に利用して、目的を達成するのが専門家は上手なんじゃし、それが仕事とも言える」

「🙂それに、科学もどんどん進歩してまっしゃろ。前に言われてたことが間違いやちゅうことが多いでっせ」

「🐼確かに、進歩ちゅうものもある」

「🙂エイズも最初はホモの病気や言われてたり」

「😠ホモ？」

「🙂コレステロールも、最近は善玉と悪玉があると言われたりでっせ」

「😈そう言えば、卵は何個食べてもエエちゅうことになった

んやてな」

「☺わては、癌も伝染すると思てまんのや」

「😺それはないじゃろ」

「☺ほんでも、転移するちゅうてますやろ。あれは伝染の一種でっしゃろが。確かに他人への転移は万に一つでおまっしゃろが」

「😺ピエール。話を難しくするな」

「😈ほんまや」

「😺話を戻して。ＧＤＰ、失業率、物価上昇率、犯罪検挙率、企業業績、その他もろもろの統計数字も＜現役＞が公表するものは疑えよ。意図ちゅうか＜忖度＞があるんじゃからな。それを看破した上で、利用すれば良いが、安易な鵜呑みは＜危険、危険＞」

「😀でも、専門家を信用するなと言われてもな〜」

「😈ヨシよ。隠居の言う通りや。偉そうな顔して言うやつ程、ロクなことは考えとらん」

「☺それは隠居が言うのとは、少しちゃいまんな。上手に読み取りなさいと言うことでっせ。それに、隠居はん。政治家なんかは、本当のことを言うようじゃ、仕事が出来ましぇんからね」

「😺そうとも言えるかもしれん。外交なんかは、特にそうじゃからな。でも、悪用はいかん」

　3）【疑え】アンケート結果！

「😶ほんでな、隠居さんよ。この前の日曜日に、町をぶらついっとったら、綺麗なネイちゃんが、『御協力お願いします』なんて言って近づいて来よったんで、何やと思たら、アンケートやった」

「😳何のアンケートじゃ？」

「😶それが＜親の面倒を見とるか？＞とか。＜老後の心配はないか？＞とか。＜高齢者をどう思うか？＞とか。ややこしいねん。せやから途中で、エエ加減に答えて逃げて来たわ」

「😰そりゃ面倒やったな」

「😳そうじゃな。アンケートから出る数字も、注意した方が良いぞ。質問の仕方や集計の組合わせで、意図的に結果を導けるんじゃ」

「😰何や、また、【疑え】かいな」

「😳そうそう、【疑え】じゃ。それに、世界でのアンケートがあるじゃろが、あれは、質問の言葉の＜翻訳＞が気になるんじゃ。幾ら上手に翻訳しても、微妙な意味の違いが残るじゃろからな。丁度良い、ヒデやヨシには退屈かもしれんが、ピエールの話を聞きたいんじゃ」

「😰勿論、勉強になるさかい聞きまっせ。でも、ちょっと腹が空いて来たので、何か買ってこようかな〜」

「😳お〜もう、こんな時間か。それなら何か簡単なものを婆

さんに用意させよう。お前らには酒の肴がいいじゃろう。ちょっと話を聞きながら待ってくれるか」

「待つ待つ。でも、分かり易く話してくださいよ。隠居の話は難しい」

「例えばじゃが。日本人の印象は＜勤勉＞と言われると日本人は喜ぶじゃろ。じゃがな、この＜勤勉＞が気になる」

「勤勉は褒め言葉やろ」

「ちゃいまんな。メキシコでは＜勤勉＞は愚か者を指すと聞いたことがありまっせ」

「じゃろ。＜勤勉＞とは、単に＜たくさん働く＞なのか？　＜真面目に働く＞なのか？」

そこに酒と簡単な摘みが出される。

「いつも、すみませんね」

「あ〜エエ匂い」

「これは御馳走さん」

皆が一口酒を飲む。

「ほんで、おれは＜勤勉＞やないけど＜良く働く＞方やと思うな。そうでないと日本では食って行けん」

「おれも、頭は動かんが手と足は動かしとるで。それが一番やと親方がいつも言っとるわ」

「西欧では＜勤勉＝経営側への従僕⇒馬鹿者＞となるかも知れまへんのやで。これは宗教や歴史の違いが、影響してるんやおまへんかな」

「😃勤勉が馬鹿とは世は末や」

「👻う〜〜ん」

「😑西洋では、働くと言うことは＜搾取＞をされてると考えたりしまっからな」

「👻う〜〜ん」

「😃＜搾取＞やて」

「🐼ちょっと考え過ぎじゃろ。日本では、外国程には経営者は稼いどらんど」

「😑それは歴史的にも言えまんな」

「🐼それに気になるのは＜親孝行＞のアンケートじゃ。ピエールは＜親孝行＞か？」

「😑う〜〜ん。月に何回か電話しとるし、良く顔を見せるから＜親孝行＞やな」

「👻良くて？」

「😑２〜３年毎かな」

「😃外人はその程度で＜親孝行＞と言うんかい」

「😑わては外人でっか」

「😃ピエールは外人や。白い顔の青目玉は、何ぼ日本語上手くても外人て言うんや」

「👻ピエールは日本語が上手いんと違ごて、日本語が変や」

「🐼おいおい。話を戻すぞ。今のピエールの様に＜親孝行＞との質問に“ＹＥＳ”と答えても、たまに親に電話をするだけで＜親孝行＞と言うじゃろ」

「🤔う～～ん。耳が痛い＜親孝行＞は気持ちの問題でっせ。それにワテは人に迷惑を掛けずに、真面目に生きとりまんがな」

「🐼確かにそれは立派な親孝行じゃが、国により孝行の内容や程度が異なるんじゃ」

「😊ほんまやな。ピエール程度では＜親孝行＞とは言えん。罰当たりなやっちゃ」

「😠ヨシ。お前が偉そうなことを言えるんか。俺は＜親孝行＞は耳が痛いわ」

「🐼昔は、同居して世話して＜親孝行＞だったんじゃがな。つまり、そう言った微妙な所を考慮していないアンケートは困る。変なアンケート結果で生じた誤解が、面白おかしく独り歩きしかねんのじゃ。これも【疑え】じゃ」

「😊ほな、一句」

「😠ありゃ。ヨシも俳句か」

「😊言いまっせ、『月一回　電話するから　親孝行　そんな時代に　なってしもたわ』」

「😠ひどいもんやな。お前は俳句をせん方がエエぞ」

「😊隠居も、ときどき変なのがあるで」

「🐼ごほっ。あ～それから、日本の子供は、将来や現在に不満を持つ比率が高いと出とるんじゃが」

「😊ありゃ、そうなの？　けっこう楽しそうにしとるのにな」

「😠勉強、勉強が厳しいんとちゃうか」

「🤔日本の子は、戦争や本当の貧困を知りまへんから、満足

のレベルが高くなり過ぎとるんとちゃいまっか」

「😈じゃろ。こんなアンケート結果も、しっかりと色んな状況を把握して理解せにゃ、対応に間違いを起こしかねん」

「😠でも、本人らが不満ちゅうなら、それはそれで、問題やで」

「😌ありゃ。ヨシはんはエエことを言いまんな」

「😈確かに。それに、資料作りもアンケートも調査実務の人に＜やりがい＞がないと、いい加減なものが出来上がるじゃろうて。これも【疑え】」

「😮😈でも、隠居の話を聞いとると、何もかも【疑え】やんか。疲れるわ」

「😈簡単じゃ。どんな人間も世話になる社会に悪い影響を与えるコメントはせん。じゃから、コメントには忖度が付きものじゃから、何もかも鵜呑みをするなと言っとるんじゃ（提案⑧）」

「😮確かにな、俺もアンケートでは、後の方はエエ加減に答えたわ」

「😈そして、世の中には、それを上手に利用する人たちがおるんじゃ」

「😌ほんまでっせ。＜政権側＞は都合の良いのは発表し、都合の悪いのは発表を控えたりしてっませ」

「😈＜隠蔽＞やな。要は俺らが【疑え】ちゅうことや」

「😈そう。情報の鵜呑みは駄目じゃ」

「😮【疑え】【疑え】でっか」

「😶ヒデとヨシは何事も【疑え】よ。特にヨシは心配じゃ」

「😠隠居さん、長くなったし、雨も止んだみたいやから、そろそろ失礼します」

「😾俺も帰りますわ。御馳走になりました」

「😑ほな。ワテも帰りますわ」

「😠😾ほな、隠居はん。失礼します」

「😶気を付けて真っすぐ帰りんしゃい」

「😠疑っとるわ」

　隠居邸を出て暫く言ったところでベンチがあるので、3人は腰掛ける。そこで、ピエールが

「😑お二人さん。疑え疑えでちょっと疲れましたな」

「😠とくに、俺は注意しろと言われたわ」

「😾話半分やで」

「😑そこで、この写真を見てくれまへんか」

「😾どれどれ」

◆ピエールの余談9・クラコフ広場の三人娘・写真12◆

「😑ポーランドのクラコフの広場の写真でんねん。のんびりでエエでっしゃろ」

「😾スタイル良さそうやけど、顔が見えんやんか」

「😠何じゃ。馬車も走っとるな」

「😑クラコフちゅうのは、ワルシャワの前の首都でんねん」

「😾？？？」

「確かに、のんびりした良い写真や。色がしろそうな娘やな」

「ピエールは、ほんまに色んな所に行ってるんやな」

「ほな。お二人さん。また、今度」

「さいなら」

結論

【疑え！】【疑え！】【疑え！】

第5章　議員

雨は降っていないが曇りの蒸し暑い休日

≪隠居邸に、暇なヨシとヒデが訪問≫

「😊😊隠居はんよ。また、おじゃましまっせ」

「🐼おお。お二人さん。来んしゃったか。今日は蒸し暑いのう。暑くても空っとして欲しいんじゃが。所で、このあいだは、皆で【疑え】ちゅうもんを話したんじゃったな。それで、今日は何を話そうちゅうんじゃ」

「😊今日は何もありまへん。隠居はんこそ、何かおもろうい話がありまへんかいな」

「🐼そう言われてもな」

「😊ヒデよ。おっさんの話をしたらどうや」

「🐼おっさん？」

「😊実はでんな。駅前の不動産屋の親父が、今度の市長選挙に立候補するやて。それで、俺らも応援せなあかんねん」

「😊せやけど、急に市長なんて無茶と俺は思てんねん」

「😊でもな、今の市長はケチで、町の仕事を増やさんらしい。

そんで、元気なおっさんに頑張って貰いたいんで、この町を挙
げて応援をするみたいや。おっさんも、結構＜やる気＞らしい
んや」

「😀ヒデは、色んな所から話を聞き込んで来るんじゃな」

「😀おっさんは、本業の不動産屋は嫁はんに任せるんやて。
ま〜、あの嫁はんは、しっかりしとるからな」

「😀ほんで、当選すると、おっさんが、俺の最初の知り合い
の政治家になるな」

「😀ありゃ。ヒデの親戚に議員さんがいてるんやなかったか」

「😀あ〜そうやった。ほんでも、あれは遠い親戚で滅多に会
わんし、何か応援団体がいて、俺らの方は見てないって、ばー
ちゃんが言ってたわ」

「😀ほ〜」

「😀せやから、親戚と言っても俺には関係ないんや」

「😀そんなもんかの」

「😀ま〜。おっさんは悪い奴やないし、俺らのことも良く分
かっとるから、町も良くなるかも」

「😀おっさんを信じて、応援してみよかと思とるんやけどな」

「😀あのおっさんなら、エエかもしれん。でも、いきなり市
長とわな」

「😀信じて応援してみんしゃい。前に〔国〕の話をして、こ
のあいだは〔疑え〕の話をしたんじゃが、今度は選挙の話とは、
なかなか立派じゃ。わしらの国は、何と言っても選挙で出来と

るんじゃからな。それは大事な話じゃ」

「😮ところで、気になるんやけど、議員さんて、どれぐらい貰ろとるんや？」

「😈せやな。給料が悪いと余禄に走るからな」

「😮よろく？」

≪隠居邸：ヨシとヒデ。そこにピエール≫

１）議員の給与

　そこにピエールがやって来る。

「😊こんにちは！　みなさんお揃いでんな」

「🐼お～。ピエールも来んしゃったか」

「😈ピエールよ。エエ時に来た。ちっと調べてくれへんか」

「😊何でっかいな。来て早々でんな」

「😈せや。早よ、パソコンちゅうやつで調べてくれや」

「😊もう、パソコンは古おまっせ。もっとエエもんを持ってまっせ」

「😮何でもエエ。早よ調べてほしいんや」

「😊ほんで、何を調べるんでっかいな」

「😈国会議員の給料や」

「😊こりゃ、おもろいことを知りたいんでんな。ちょっと待っとくれやっしゃ」

「😮何や。前の機械よりえらいちっこいな」

「😊え～と。読みまっせ『国会議員年収の円換算比較、日本

／２２００万円、アメリカ／１９００万円 (174 万弗)、ドイ
ツ／９００万円 (7 万€)、英国／９００万円 (65 千£)、韓国／
９００万円 (940 万₩)。これに諸活動費等がプラスされる』と
書いてありまっせ。これを見ると、日本の国会議員の給料はエ
エみたいでんな」

「🙂世界一みたいやんか！」

「😑そうでんな、為替レートを考えても多いみたいでっせ」

「🙂かわせ？」

「😊両替の値や」

「🙂りょうがえ？」

「😊もうエエ。でも、むっちゃんこ多いとは思わんな。駅前
のパチンコ屋の社長と比べてどうやろか」

「🙂パチンコ屋と一緒にするな」

「😊でも、間違いなく、俺の会社の社長よりは少ないかも」

「🙂せやけど、俺らと比べると大金やから、当選すると万歳
するんやな」

「😸そうじゃのう。多いかどうかは知らんが、生活には十分
じゃ。しかし、日ごろの活動や次の選挙のためには、カネがか
かるみたいじゃぞ」

「😊そんでかな。結構。政治家はカネのスキャンダルがある
やんか」

「😑この間も、ニュースでやってましたな」

「😸国から選挙の必要経費は出るんじゃが、足らん様じゃか

169

らな」

「😈選挙はカネが要るちゅうからな」

「😁何でそんなにカネが要るんや？」

「😈票の買収や」

「😺いや。昨今は監視の目が厳しなったから、明らかな買収はないじゃろうが、それに近いことはあるかも知れんな」

「😈結局。買収やんか」

「😁俺なんか選挙は行っとるが、カネなんか貰ろたことないで」

「😺投票に行っとるとは、ヨシは偉いぞ」

「😈俺は行っとらんな」

「😺ヒデよ。民主主義には＜投票への参加＞が先決じゃ」

「😁ほんと言うと、近所のタバコ屋のおっさんに、うるそうに誘そわれるんや」

「😠ありゃ」

「😺どうであれ、投票するちゅうことは立派じゃ」

「😠ヨシさんよ。その人から、誰々に投票しろと言われまっか？」

「😁それはないで。誰に入れるかは勝手や。でも、何となくタバコ屋と同じ人に投票しとるみたい」

「😈今度の市長の選挙では、タバコ屋のおっさんにも、不動産屋に入れて貰わなあかんで」

「😠不動産屋？」

　ヒデがピエールに簡単に説明する。

「😎ま〜、選挙活動ではイベントなんかでカネは必要じゃろ。国が用意したカネだけでは足らんのじゃろ」

「💀せやけど、世間では経費節減のために、議員の給料を減らせと言っとるんやんか」

「😎そうじゃな。じゃが減らすのが良いのかのう」

「👺減らすと、議員のなり手が減るんちゃいまっか」

「😎それでなくても、町や村の議員のなり手が足らんて聞いとるぞ」

「🙂でも、給料目当てに議員になられてもな」

「👺せやけど、手当てが少ないと、余禄で稼ごうとしまんな。それに、金持ちだけが議員さんになりまんで」

「🙂また、"よろく"か、何か難しなって来たな」

「💀社長を辞めて、議員さんになる人はおらんかもな」

「🙂せや。ちゃんと払ってやらんと、エエ人は立候補せん様になるで。何ちゅうても＜俺らの代表＞やからな」

「👺お〜。＜俺らの代表＞でっか。ヨシさんは偉い」

「😎確かに。いい人に立候補してもらわにゃ、投票のやりがいがないわな」

「👺変な動機で立候補する人ばっかりでも、困りまっからな」

「💀給料が良くても悪くても、悪いことするやつはやりよるで」

「🙂せやけど、どんな悪いことをするんや」

「😊カネをくれる業者を、優遇したりするんじゃな」

「😈ワイロや。ワイロを貰うんや」

「🐧情けないな」

「🙂世界には、最初から役得だけを考えてる議員さんがおりまっからな。なんせ、議員には色んな権力が手に入りまんねん」

「😊じゃが、日本の議員さんで、財をなした人は少ないみたいじゃぞ」

「😈俺らが知らんだけちゃうか」

「🙂ま〜、多くは金目当より＜志し＞が第一でっしゃろ。ほんでも、日本は投票率が悪いでっから、組織票ちゅうのが力を持ってまんのやな」

「😊文句があっても、投票せにゃ力にはならんからのう」

「🐧文句言うやつより、無関心なやつが多いんやで」

「🙂そうなると、民主主義の選挙は危険でんな、所詮、投票せんと意味なしでっからな」

「🐧せや、【選挙民の責任】や」

「😈とにかく、エエ人が立候補する環境をつくらんとあかん。＜俺らの代表＞なんやから」

「🐧ヒデは、言うことは立派やな」

「😊そして、しっかり見極めて投票するのが【選挙民の責任】じゃな」

引き続いて≪隠居邸：ヨシ、ヒデ、ピエール≫

２）議員の数

「🐼経費節減と言えば、議員の数を減らそうというのもあるぞ」

「😊何や＜俺らの代表＞を減らそうちゅうことかいな。俺らの町はどうやろかな」

「😺お〜。長老が言っとるみたいや。《議員には、言うことを聞くのがおればエエので、それ以外は要らん！》なんて言っとるは」

「😊恐ろし〜。＜俺らの代表＞は多い方がエエんとちゃうんか」

「😺確かに、少ない数で簡単に決められても困るわな」

「😊せや。数を減らすと、皆の意見が伝わりにくくなるんちゃうか」

「🙂そうでっせ、少ない人数やと、色んな意見も出にくなりまっせ」

「🐼と言っても。やたら多いと何も決まらんぞ」

「😺どや。ピエール。日本の議員は多いんか？」

「🙂また、わての出番でんな。待っとくれやっしゃ。え〜と、あ〜出て来たわ。人口を議員の数で割った数字がありまんで」

「😊どう言うこっちゃ？」

「😺１人の国会議員が、何人の代表かちゅうことや」

「🙂エエおまっか『英国／６万人、ドイツ／１１万人。そして、

日本が１６万人、韓国／１７万人、ロシア／２３万人、中国／４０万人、米国／５３万人』てなもんでおまんな」

「😠ほな、日本の数は、丁度エエぐらいやんか」

「🙂ほんでも、ヨーロッパと比べると、議員の数は少いちゅうことになりまんな」

「😠ちゅうことは、無理に減らさんでもエエんとちゅうか」

「😠ふ〜ん。でも、会議で寝てるような議員は要らんけどな」

「😠そんなのは＜俺らの代表＞やない。次の選挙で落とさにゃあかん。せやから、ヒデも投票に行きや。やっぱり【選挙民の責任】や」

「😠へ〜。何か俺の責任かいな」

「🙂国会の他にも、市や県の議員さんがいてはりまっから、それら皆が＜叔父さんらの代表＞でっせ」

「😠確かにな、そんなのも数えたら、結構の人数やろな」

「🙂質より量で行きまっか」

「😠それでも、おらんよりましや」

「😠でもな。そもそもエエやつに立候補して貰わんと、どもならんわ。選挙の時は好き勝手を言っとるやんか」

「😠確かにな」

「😠出来もせんことばっかり言って当選しよるんや」

「🙂それを見極めるのが【選挙民の責任】でっせ」

「😠へ！！また、俺らの責任か」

「😊ま〜。給料減らし。人数減らすと節約にはなるが、エエ

人が立候せんかも知れんな」

「👹そもそも、世の中を良くしようという＜やる気＞を持った人ならエエんや。量より質や。ほんで、そんな人ならちょっと給料良くしてもエエやんか」

「😖そんな人ちゅうても、見極めるのは簡単やありまへんで」

「👹確かにな」

「🐸せやから、ぎょうさんおれば、中にはエエのがいてはるやろ」

「👹ヨシは、甘い」

「🐼悪いのが良い人の足を引っ張るかも知れんぞ」

　引き続いて≪隠居邸：ヨシ、ヒデ、ピエール≫

　3）議員の【やる気】＜統治者、支配者意識＞

「👹そんで、ちょっと気になるのが、不動産屋のおっさんの＜やりがい＞やねん」

「🐼それは大事じゃな」

「👹おっさんは市長になって、色んな建物を建てて、不動産の仕事も増やせたら、一石二鳥やんか」

「🐼そればかりじゃと困るぞ」

「👹せやろ、政治家は先生と呼ばれて、ＶＩＰなんかになるのも嬉しいやんか。しかも、おっさんは市長やで」

「🐸びっぷ？」

「👹偉いさんのことや。市長の給料も貰えるんやろし」

「😊でも、あのおっさんは真面目なとこがあるから、色々町のために役立つ＜志（こころざし）＞ちゅうもんがあるやろ」

「👹そりゃ、そうでないと困るが、余禄がメインやと困るがな。せやけど、あの嫁はんはチャッカリしとるからな」

「😊なるほど、余禄の話か」

「👹そもそも、政治家は当選した時に"万歳、万歳"とちょっと喜び過ぎとちゃうか」

「😊そりゃ＜やりがい＞があるからやんか」

「🐼じゃが、責任の重い仕事じゃのに、ちょっと喜び過ぎと気にはなっとる」

「😊あれは、応援をしてくれた人への、お礼もあるんやろ」

「🐼昔は親が自分の子に"議員さん"や"末は大臣"と期待したりしたもんじゃで、その名残ならええんじゃがな」

「👹それに、役得っちゅうもんもあるからな」

「😊また、それを言う」

「🐙役得は兎も角、純粋に国を良くしようと考えて議員になる人には、＜統治意識＞がありまっからな」

「😊＜とうち・いしき＞？」

「👹何か、ぶっそうやな」

「🐙つまり、自分らが＜国を治めてる＞ちゅう考えを持ってまっから」

「🐼なるほど」

「🐙純粋に国のためを考えるた時には、どうしても上から目

線で、大衆を見はりまっしゃろが」

「😨上から目線！そりゃ気分悪いな」

「😮頼りになるけど怖いな。＜おれらの代表＞が俺らを見下すんか」

「😨そう言えば、先生、先生と呼ぶやんか。あれはあかんで」

「😠でも、先生やんか」

「🙂へてからでんな、＜統治意識＞があると、自然と統治しやすいように法律を作って行きまっしゃろ。そうするのが、国にとってエエと考えてはんのでっしゃろが、これは危険と言えまっせ」

「😎なるほど、なるほど。両刃じゃな」

「😠また、難しいことを言いだしたな」

「😨せやな。不動産屋のおっさんを応援する長老たちも、＜統治意識＞を持っとる感じや」

「😮せやから、本当にエエ人になってもらわな困るわ」

「🙂選ばれた時は＜統治意識＞でも、議員をしてる間に＜支配者意識＞に成りまんねん」

「😠ぶっそう、ぶっそう」

「😨権力を持つと、人は変わると言うからな。ほんなら、代々に渡って代議士をやってる家は＜支配層意識＞が満々やろな」

「🙂国にとって良いことが、個人にとって良いとは限りまへんからな」

「😨ほなら、＜俺らの代表（議員）＞だけでなく、官僚も＜支

配者意識＞を持っとるやろな。ほんで、官僚には選挙がないから、勤めも長くなり、その分、強い意識を持つんとちゃうやろか」

「😊ま〜、それぐらいの気概がないと困るかも」

「😑甘い。＜統治意識＞は両刃の剣でっせ」

「😊もっと、議員さんを信用したらどうなんや」

「😑たしかに、国を治めるには非情な決断能力が、時には必要でっからな」

「😨こわ〜」

「😑せやから、変な人に＜俺らの代表＞になって欲しないでっしゃろ。選挙は大事でっせ」

「😊それはそうや。せやから投票に行かなあかん。ヒデも頼むで」

「😦エエ人が立候補し、その中から選ぶことが出来る選挙なら、俺も投票するんやけどな」

「😎投票だけじゃなしに、その後もチェックせんといかんぞ」

「😊せや、せや」

「😦チェックなんか出来るんかいな」

「😎講演会や議員活動報告ちゅうのもあるじゃろが。そういったもので、皆が議員活動をフォローすれば、彼らの＜やる気＞も高まるじゃろうて」

「😊隠居なんかが、立候補すればエエのに」

「😎この歳で何ができる」

「😦隠居は口だけや」

「🙂ただ、日本では半分も投票せんのやから、一部の人に役立つのが当選しまんがな」

「😮なに！　半分も行かんのか。投票せんやつは、お任せなんかな。やっぱ、文句を言う前に投票やで」

「👹結局は、【選挙民の責任】ちゅうことかいな」

「🐼わしらで、これと思う議員さんを支援するば良いのじゃ。立派な＜やる気＞を持った議員さんを応援するんじゃ」

「👦👹せやから、不動産屋のおっさんを応援するんや」

「👹ただ、もう一つ、不動産屋のおっさんのことで、気になることがあるんや」

「🐼ほう。何じゃそれは」

「👹あんな。町の長老たちには、おっさんは都合がエエ性格らしいんや」

「👦どう言うこっちゃ？」

「👹おっさんは難しいことは分からへんから、簡単に長老議員の言うこと聞くのとちゃうかと思われとる」

「👦へ～。でも、カミさんはしっかりもんやから、長老の思う通りに行くとは限らんで」

「👹ま～、良く言うことを聞く市長ちゅう知り合いがおると俺もエエけどな。今の内に不動産屋のおっさんに近づいとこ」

「🙂"市長さん"て言わにゃあきまへんで」

「👹そんなん気にならんは。しっかり応援して恩を売っとこ」

「🐼忖度じゃな」

「🙂俺らの町はともかく、国会議員までも、長老に便利な人がなってるのとちゃうやろな。頼むで」

「😎時々、何であんなんがと言うようなのが議員になるのは、便利な人じゃからかも知れんな」

「🙂そうでんな、議員さんには、後援会や支持団体がありまっけど、少々悪いことしてでも、それらに利益をもたらす議員さんなら、後援や支持は続きまっからな」

「🙂へ～」

「😠ま～。そう言うことになるんかいな」

「😎そこまでひどくはないじゃろが。そう言う恐れがないとは言えん」

「🙂難しいんやな。いよいよ、選ぶ方の責任が大きいな。【選挙民の責任】や。民主主義の主人公は俺ら大衆なんや」

「😠大衆か、あんまり好きな言葉やないな」

「🙂カネ貰ろたから投票するなんて、下の下や！！」

「😎確かに、議員をとやかく言う前に、投票したおのれが反省すべきじゃな。選挙に無関心。託せる人がおらんから無投票ちゅうのは、昔の人が血を流して手に入れた、選挙と言う権利（参政権）を" 無に "しとる」

「🙂【選挙民の責任】や」

「😠ありゃヨシ。ちょっと落ち着けよ」

「🙂そこで一句」

「😠ありゃ。ヨシには珍しいな」

180

「😀『その議員　選んだお前が　悪いのよ』ちゅうのはどうや」

「😶お〜隠居並みや」

「😀この間、テルビで言っとったんや。《目覚めよ大衆！！選んだあんたが悪いのよ》やったかな」

「😊大体、労働者には組合と言うものがありまっシャロ。日本では、それが余り力を持っとりませんな」

「😎そう言えば、昔な、サラリーマン政党ちゅうものが出来たんじゃが、肝心のサラリーマンがあんまり投票せんから、成功せんかったんじゃ」

「😊選挙の応援の仕方を考えたらどうでっシャロか。昔の＜５人組＞ちゅうのはどうでっか」

「😀何か、前にも聞いたな」

「😎江戸時代のやつじゃ。防犯の時に出たぞ」

「😊この５人組を段階的に幾つも纏めて」

「😶段階的とは？」

「😊５人組を５つ束ねて、それを４っ束ねりゃ５×５×４で１００人でっシャロ。これで１００票になりまんがな」

「😎草の根運動じゃな」

「😊それに近いでんな。個人の１票では力が出まへんから、纏めて１００票単位にしたら、議員への圧力になりまっシャロ。議員さんは票の数で話を聞きまっからな。一人で交渉に言っても相手にされまへんが《私は会員数１００人の何々会の責任者です》と言えば、真剣に話を聞く筈でおまんがな。議員さんに

は、百の説法よりも落選の恐怖が一番の武器でっせ。せやから仲間を集めて組織票を作ることでっせ(提案⑨)」

「😀なるほど」

「😀百人位で話を聞くかな」

「😀ほな、もっと集めたらエエやんか」

「😀それでは『**五人組　幾つも束ね　圧力を**』ではどうじゃ」

「😀草の根の組織票ちゅうやつやな」

「😀数は力か。民主主義は多数決やからな。俺は投票に行くけど、俺の票が本当に役に立っとるんか心配やったけど、ピエールのやり方なら、心強いわ」

「😀確かに、そうかも知れんな。数は力や」

「😀何と言っても、票は政治家への圧力になるからのう」

「😀投票仲間を造るちゅうことやな、おもろいかもな」

「😀街角なんかでやっとるやつは、あんまり効果はないんかいな」

「😀とにかく、立派な志を持った政治家への支援をせんとあきまへん。ひどい場合は、支配者層は自分等に都合のエエ人だけが、立候補する選挙をつくりまっからな」

「😀そうじゃの、立候補資格を決めて、気に入らん人は立候補させん国もある様じゃ」

「😀ありゃ。油断も隙もないな」

「😀それに公約を約束守らんかったり、悪いことをする人は落とさにゃあかん。その辺が、どうもルーズじゃ」

◆ピエールの余談 10・中国のトイレ・写真 13 ◆

「🙂ところで、これを皆さん見てくれやっしゃ」

「😠ありゃ。また、ピエールの時間潰しか」

「🙂中国の男子用小便器の前に書かれていた言葉でんねん。ここに書いてあるのは『一歩前に進めば、文明は大きく進歩する』でんねん。おもろいでっしゃろ」

「😐日本でも、それに似たものは見るけど。＜文明＞迄は書いてないな。さすが中国やな」

「😀😐ほな、そろそろ失礼しまっせ」

「🙂わては、ちょっと行く所がありまんね」

「🙂俺は帰って、体重を計ってみるわ」

「😶ダイエットを続けてるとは感心じゃ。今日は何も出さんで済まんかったの、婆さんが出かけとるのじゃ」

結論

【選んだお前が悪い】【落選が特効薬】【組織票で圧力】

あとがき

本書で述べた各種提案を（関連の句を付けて）下記とまとめました。

提案1 子供を体格良く育てるには、余り色んな種類を食わさずに、栄養の整った物でのシンプルな食事が良い。

『**成長期　シンプル食で　背を伸ばす**』

提案2 朝起きたら、食事の前に運動をする。

『**朝起きて　朝食前に　散歩すりゃ　体の機能　生き生き目覚め**』

提案3 軽る成った重さだけ、カロリーの有る物を食べる。

『**ダイエット　カロリーよりも　何グラム？　暇さえあれば　体重計**』

提案4 犯罪見逃しを減らすには、犯罪を見つける部隊と、解決する部隊の二つに分ける。

『**やる気出る　体制作り　必須で　隠蔽・忖度　起こらぬ世界**』

提案5　悪事を減らすには、幼い時に"畏怖"を刷り込む。

『おさなじ（幼時）に　恐れ（刷り込み）　犯罪を　起こす心
の　芽をつぶすべし』

提案6　メディアも、単に＜日本＞とくくらずに、政府、国民等の区別をして書くべき。特に、独裁国家では、独裁者の名前で書くべき。

『国名が　何を指すかを　見極めよ』

提案7　メディアもボーダーレスなコメントを進める。

『国の色　付いたコメント　もう古い』

提案8　コメントは忖度が付きもの、鵜呑みをするな。

『テレビでは　誰も本音を　喋りゃせぬ』

提案9　仲間を集めて組織票を作る。

『その議員　選んだお前が　悪いのよ』
『5人組　幾つも束ね　圧力を』

二元太郎記

愚者・愚者 な考え。

そこから何かが生まれる♪（軽い関西弁版）

Too 言った〜

著者	二元 太郎
発行日	2021 年 11 月 18 日
発行者	高橋範夫
発行所	青山ライフ出版株式会社

〒 108-0014　東京都港区芝 5-13-11 401
TEL：03-6683-8252　FAXL：03-6683-8270
http://aoyamalife.co.jp　info@aoyamalife.co.jp

発売元	株式会社星雲社（共同出版社・流通責任出版社）

〒 112-0005　東京都文京区水道 1-3-30
TEL：03-3868-3275　FAX：03-3868-6588